天堂旅行團

Always Have
Always Will

張嘉佳

目次

序章

我

她突然地來，突然地走。
我慢慢明白，人與人之間沒有突然，
她想好了才會來，想清了才會走。

Always Have
Always Will

這算作我的遺書。

我吃了很多苦，苦得對一切失去了耐心。不應該責備我什麼，我就是個普通的男孩，相貌普通，能力普通，從來沒有被堅定地選擇，也沒有什麼要固執地捍衛。對這個世界來說，消失就消失了吧，起始單薄，落幅[1]無聲。

無數個普通的夜晚，我記得每一次是如何熬過去的。忙碌完最後一單生意，推著母親的輪椅，把她送上床，自己蜷縮起來。我努力讓自己睡去，但總能看到角落裡蹲著一個小孩，低頭哭泣，臉深埋在陰暗中，他小聲說：「我們走吧，好不好？」

有個女孩跟我說過，世界是有盡頭的。在南方洋流的末端，冰山漂浮，雲和水一起凍結。

她是在婚禮上和我說的。婚禮在陳舊的小飯館舉行，儀式簡單。我們坐在門檻上，巷子深幽，招牌的燈照亮她的面容。我看到新娘子眼角的淚水，而自己是沉默的新郎。

她說：「如果我離開你了，你會找我嗎？」

我說：「會吧。」

她說：「我想去世界的盡頭，那裡有一座燈塔，只要能走到燈塔下面，就會忘記經歷過的苦難。你去那裡找我吧，到了那裡，你就忘記我了。」

我說：「好的。」

她突然地來，突然地走。我慢慢明白，人與人之間沒有突然，她想好了才會來，想清了才會走。

人或多或少都有一些自毀傾向，嚴重了會生病。童年時母親買了副撲克牌，是我很喜歡的卡通圖案，做作業的時候偷偷拿出來玩，被母親發現，拿著剪刀威脅我，說再玩就剪掉。

我一邊哭，一邊拿起一張撲克牌，撕成兩半，喊著：「我不稀罕。」母親二話不說，咔嚓咔嚓剪開好幾張。母子倆毀了整副撲克牌，我抱著一堆碎紙片，哭得上氣不接下氣，可這一半是我親手撕掉的。

第二天母親陪我一起黏牌，用膠帶拼接，然而這已經不是那副我喜歡的漂亮紙牌了。

我常常夢見一個撕牌的男孩，牌上有美麗圖案，幸福生活，有燈火通明，笑靨如花。

我很普通，也許經歷的苦難同樣普通，但窒息只隔絕了一點空氣，卻是呼吸者的全部。

生命的終章，我踏上了一段旅途。開著破爛的麵包車，穿越幾十座城市，撕開雨天，潛入他鄉，盡頭是天堂。

淺藍的天光，泛紫的雲層，路燈嵌進夕陽。山間道路瀰漫著一萬噸水氣，密林捲來風聲，我闖進無止境的夜裡。

她說，天總會亮的。那麼，我們一起記錄下，凌晨前的人生。

第一章

你捨得嗎？

遇見你，就像跋山涉水遇見一輪月亮，
以後天黑心傷，就問那天借一點月光。

Always Have
Always Will

1

老城南的桂花開了，燕子巷的飯館倒了。葉子無休止地下墜，風結不出果子，我從這天開始一無所有。

小巷的石磚已經一個多世紀，巷子裡數代人生老病死。

每年桂花都開，牆角探向月亮的那株淡黃，曾經是我奔波的座標。幼時母親摘下花來，和著蜂蜜和糯米，釀一壺甜酒。除夕打烊收攤，她喝一杯，我舔一口，這年就過去了。

回憶起來，舔的一小口，是我經歷過為數不多的甜。

生活對我而言，從起點就破碎不堪。母親離婚後，依靠一間小飯館，扶養我長大。她每天四點起床，買貨備菜，獨自操持，二十多年從未停歇，直到無力維繫，交到我手中。

今夜我關上玻璃門，先把煤氣灶擦了一遍，收拾出角落的碎蛋殼和爛葉子，接著用小蘇打兌熱水，抹淨桌上殘存的油污水漬。

目光所及之處，如同往昔。

走出家門，回頭望望，二樓窗後一盞幽暗的小燈，母親會照常四點睡醒，早餐我放她床頭了，再等等，將有人來把她接走。

深夜街上行人寥寥，少數店鋪開著燈，還傳出低低的笑聲。有什麼開心的，多收了三五斗，也撐不過七八天。

我走到牆邊，啟動麵包車。前年買的車，平時運貨拖菜送外賣，而今夜，我打算用它製造一齣意外。

雨下個不停，小巷徹底寂靜。我掐滅了香菸，開出燕子巷。水泊倒映樓宇，車輪一片片碾過去，霓虹碎裂，又被波紋縫合。

我想再走一遍這座逼迫我彎腰生活的城市。高架穿行，腦海裡響起大學讀過的一篇禱告：請賜予我平靜，去接受我無法改變的。請賜予我勇氣，去改變我能改變的。請賜予我智慧，分辨這兩者的區別。

我既不平靜，也沒勇氣，更加缺乏智慧。所以，不再祈禱。

回到燕子巷口，我狠狠踩一腳油門，麵包車撞上電線杆。

思考這麼久，整座城市別的不好撞，估計都賠不起，電線杆還行，上次一輛卡車側翻，就是被它頂住的。

衝擊是瞬間的事，而我經常想像這一刻，腦海模擬過各種受傷的情形，這次全部實現了。左腳鑽心地疼，額頭滿是鮮血，手抖得拿不穩手機。

「喂，一一〇嗎？我出車禍了，在燕子巷，人受傷了……救護車不用來，我自己能去醫院……對，我自己去，就想問一下，我這個報警，你們那兒有記錄嗎？對對對，記錄這次車禍的真實性……不能等你們來啊，血流滿面，我得趕緊去醫院……行，你們去城南醫院做筆錄……」

掛掉手機，用紙巾捂著額頭，我嘗試發動麵包車。發動機噴了幾口白煙，車身也不知道哪兒裂了，發出嘎吱嘎吱的聲音，艱難啟程。

到了醫院，急診室一陣折騰，腦門纏好繃帶，小腿沒有骨折，腳踝扭傷，在我的強烈要求下，上了夾板。

其間警察真的來了，主要懷疑我酒駕，卻什麼都沒發現。警察反覆盤問，我說我是肇事者，也是受害者，我不向自己索取賠償，也不為自己承擔責任，而你當場銷案，咱們三方就這麼算了吧。

去廁所洗了把臉，繃帶滲出血跡，對鏡子左右看看，覺得足夠憔悴，但還欠缺點震人心魄的悲涼。

在林藝趕來前，我找醫生做點準備工作。

我跳著腳走進診室。「醫生，病歷能不能寫嚴重點，比如該病人心理狀態非常扭曲，抑鬱，黑暗，有自殺傾向，如果不多加愛護，可能會對社會造成不良影響。」

醫生認真回答：「哥，我是骨科的。」

我說：「行吧，骨折也夠用了。」

醫生說：「你這當場能下地，骨什麼折。」

我說：「幫幫忙，我住一天院，就一天。」

醫生停下敲擊鍵盤的手，狐疑地看過來。「你想幹什麼？」

我說：「老婆離家出走，我看她會不會來。」

醫生沉默一會兒，嘆口氣：「病床這幾天不緊張，給你三天吧，多點希望。」

扶牆穿過走廊，推開樓梯間的門，側身擠進去，門「砰」的一聲關上。

首先給林藝發了條微信訊息，告訴她我出事了，意外事故，車禍，我傷勢嚴重，希望她能來簡單探望。

這時候她還沒起床，看到以後也不一定回覆，所以我又把醫院地址和病房號碼詳細寫給了她。

窗外泛起魚肚白。

林藝是我的妻子，十三個月間只見過一次，短短五分鐘。她每月發條微信訊息，內容固定，那幾個字次次相同。可這回，我有必須見面的理由。

2

醫院走廊傳出走動的聲音，回床躺了躺頭昏腦脹，肚子餓得不行，一瘸一拐去便利商店買了兩根烤香腸。

靠著牆壁，嘴巴剛張開要吃，走廊傳來急促的腳步聲，值班醫生托抱著一個小女孩，和我擦肩而過。

擦肩而過的剎那，卡頓一下，我被拽住了。低頭看，醫生懷裡的小女孩緊緊揪著我的領子，也不懂她哪來這麼大力氣，拽得我也跟著往前跳了兩步。

小女孩齊瀏海，黑亮的大眼睛滿是渴望，正緊盯我手中的烤香腸，說：「叔叔，能給我吃一口嗎？」

我還沒反應過來，旁邊護士試圖掰開她的手指。「小聚聽話，你鬆開，我們病好了再吃。」

小女孩喊：「我就嚐一口，不會有事的。」

醫生眼中充滿無奈。「你都發燒了，不能亂吃。」

小女孩不吭聲，眼巴巴盯牢烤香腸，一副決不罷休的模樣。

我領子快被扯破了，看樣子這小孩又生著病，只好喝斥她：「鬆手！」

小女孩討好地笑笑。「叔叔，你把烤香腸給我，我就鬆手。」

我打算遞給她一根，護士推開我的手，說：「不能給，她還要去檢查，亂吃不要命了。」

小女孩對著我，懇切地說：「你相信我，我的病，我比他們懂！」

我說：「這樣吧，你先去檢查，等沒事了，叔叔請你吃大餐。」

小女孩說：「也不用什麼大餐，烤香腸就行。」她依依不捨地鬆開手，還在咕噥：「叔叔你給我記住，你欠我一根烤香腸……」

等他們走了，我問路過的護士：「剛剛那小孩什麼情況？」

護士望我一眼，說：「住院一年了，癌。」

回到病房，隔壁床是個老頭，睜著眼睛躺那兒發呆，看到我頭纏繃帶、腳打夾板進來，打個招呼：「小夥子，打架了？」

不想解釋，我說：「沒有，自己揍的。」

胡亂聊了幾句，衝進來四、五個人，全是老頭家屬。

一個高高胖胖的婦女率先發言：「你自己摸摸良心，既然把房留給兒子了，誰占便宜誰負責，現在總輪不到我們做女兒的管吧？」

另一個瘦小婦女猛點頭。「得講道理，大家全來了，那就講清楚道理。」

老頭模糊地嗯著，小聲祈求：「醫院人多，別鬧。」

然而沒有人聽他的，年紀最大的禿頭男子手劃過頭頂，趕蒼蠅似的，嚷起來：「只要是子女，就必須贍養父母！這是法律規定的！我是沒有辦法，得留在陝西，過不來，這個爸也能理解。」

老頭雙目無神。

年紀小點的男子最委屈。「那就全落我頭上了？醫生說老頭的毛病隨時都有危險，怎麼，我不要生活了，我二十四小時看著他？你們沒有責任？」

胖婦女擲地有聲地說：「房子給誰，責任就是誰的。」

各自陳述完觀點，飛快進入攻辯階段，一句句「賠錢貨」、「忘恩負義」、「背後捅刀」，到後來，竟還有人坐在床邊放聲哭喊。

這場景的喧囂如同潮水，一波波地湧動，麻木中帶著焦躁。人世間的無奈，面對到後來，既不是冷淡，也不是難過，而是失去了耐心，連坐起身的耐心都沒有，只想躺著，躺著能換來空洞。

我從人群縫隙中看著老頭，他自顧自閉上眼睛，不聽也不說，任由子女們推託，像砧板上醒好的麵團，敲敲打打，揉揉捏捏，不知道會被包成什麼餡兒的餃子。

我繞開老頭的家屬，走出病房，手機響了，是療養院程經理。算算時間，這時候他們應該接到母親了。

也許因為交足了錢，程經理的語氣變得友善許多。

「您放心，老人家已經入住了，三人房帶專業護理，您可以通過監控隨時查看。」

我購買的是療養院餘生無憂套餐，六十萬，承諾管到替老人送終，是針對不孝子女專門定制的。

病房內依然嘈雜，護士進來驅趕，結果狀況更加激烈。我捂著話筒來到走廊，叮囑程經理：「如果我媽問起我，就說我忙著結婚，問一次說一次。」

「那老太太肯定很高興。」程經理客氣地附和。

晃一圈回病房，老頭的子女已經走了。他啃個饅頭，抬頭看到我，拿著饅頭的手不好意思地縮了縮。

「剛剛對不起，吵到你了。」

「是吵到了。」

老頭沒想到我這麼不客氣，愣了下，說：「他們不會再來了。」

我說：「沒事，你們吵，我待不了多久。」

老頭哆嗦著手，啃了口饅頭。我忍不住問：「他們不來，你的醫藥費誰承擔？」

老頭說：「我存了點錢。」

我說：「存錢還啃饅頭？」

老頭咧嘴笑。「不省錢，怎麼存錢。」他岔開話題，問我：「傷成這樣，家裡人不來看你？」

母親來不了，妻子不在乎，我無法回答，悶聲不響，想掀開被子，掀了兩下手都滑脫了。

老頭嘆口氣，用塑膠袋包起剩下的饅頭：「人活著啊，真累。」

3

直到中午，林藝的微信對話框終於彈出了訊息。

「到了。幾號床？」

我的心臟激烈跳動，一下一下砸著胸腔。林藝坐那輛計程車離開燕子巷，十三個月了，她每月發一條微信訊息給我。

「我們離婚吧。」

我希望收到她的訊息，卻又恐懼這冷冰冰的字句。

我想見她一面。我曾讀過一句話：世間所有的痛苦，愛情只是最小的一件。可是寫下這話的人不明白，這最小的痛苦，對於我海水沒過頭頂的人生，是最後一點月光。

我既不哀慟，也不失望，只是覺得失去耐心了。

努力解決不了什麼問題，從妻子出走，母親跳樓開始，我就失去耐心了。見林藝這一面，對我來說，算徹底的結束。

一個人對另一個人感情的消失，是件令我無法理解的事情。明明割斷雙方關係，會使自己非常苦痛，卻依然能伸手摘掉心中對方的影子，哪怕影子的血脈盛滿心臟。

我無法理解的事情太多，由此誕生的困惑與憤怒，在我對生活還有好奇心的時候，像苔蘚般長滿身軀。命運給我的壓迫，就是毫無餘地的二選一，人生岔路口明確放著路牌，往一邊去，便放棄另一邊。

人類大多數的熱愛和嚮往，都在另一邊。

當林藝是我的戀人時，她放棄過我。我默默接受，完全沒有想到她會回來。她不解釋，因為我從未提問。可能在她的世界，不同階段，命運陸續鋪開路口，她也只能邁向自己可以承受的選擇。

當林藝是我的妻子時，她再次離開了我。

她突然出現，突然消失。她提出的結婚，她提出的離婚。她都是邁向自己可以承受的選擇。

那麼，我呢？

林藝來到面前，站在病房門口。

她剪短了頭髮，正式套裝，高跟鞋，有個纖細的耳環在髮尾亮著。我想盡方法引出的相見，也只想再見一面。

「宋一鯉，你放過我吧。」

她第一句話說的是什麼，我不在乎，呆呆望著她。和回憶中一樣，她高挑清秀，眉眼乾淨。也和回憶中一樣，像時光凝固的相片，只能記錄，無法收留。

她重複一遍，我才聽清楚這句話。

「宋一鯉，你放過我吧。你這輩子，沒有幹成一件事，這次就放過我吧。」

林藝說的這句話，一年來在訊息記錄中出現多次。

我的確沒有幹成一件事，也沒有試圖尋找答案。迄今為止在我身上發生的一切，常常讓我想起陰雨天巷子裡垂死的螻蛄，爬過對牠來說漫長的泥磚，跌落牆角，從始至終和行人無關。

在寧靜的病房，我甚至能聽見外面細碎的雨聲。思緒飄到燕子巷，彷彿望見那隻螻蛄，緊緊貼著破敗的牆體，秋風一起，死在腐爛的葉子堆裡。

我並非一定要拖著她，她也不會明白，她的路口，卻是我的盡頭。

世界上的一萬種苦難，不為誰單獨降臨，也不為誰網開一面。可我想，窒息之前，總要有一口屬於我的空氣。

螻蛄死前，應該也是這麼想的。

我肌肉僵硬，嘗試微笑。「來看我啊？」

林藝的目光迴避了注視。

我指指腿上的夾板。「斷了，撞車搞的。」

林藝從包裡拿出一個紙袋，低頭走幾步，放到床頭櫃。「行李箱找到的，收拾東西收錯了。本來就要還給你，沒機會，這次正好。」

我指著夾板的手僵在那兒，渾身不受控制地顫抖。紙袋口開著，裡頭是一個小巧的藍色絲絨盒子，不用繼續打開，裡面是我給她買的結婚戒指。

病房明亮的白熾燈，一針一針扎著我的眼睛。

我忍住眼淚，說：「你可以扔了。」

林藝側著身，我只能看到她髮尾亮晶晶的耳環。

她說：「你賣了吧，賣點錢也好，別浪費，有一點是一點。」

她不停頓地繼續說：「我先走了。」

我問：「你只是來還東西？」

林藝終於轉身，正對著病床上的我，眼神說著：「不然呢？」

對啊，她是來丟垃圾的，不然呢？

林藝那一眼並沒有停留很久，在我還沒想好怎麼應對時，她已經轉身，真的打算離開。我心裡充斥緊張和恐懼，怕她聽不清楚，大聲說：「林藝，咱們好歹在一起那麼久，但凡你有一絲憐憫之心，至少問候一下吧？」

這番發言聽起來理直氣壯，其實低聲下氣。

林藝沒有被觸動，語氣平淡地問：「宋一鯉，你一點都沒變。吊兒郎當很好笑？你明明是個膽小的人，為什麼非要一天天假裝滿不在乎的樣子？這樣會讓你覺得舒服？」

她說：「我懂你的自卑，也可以同情你，但我不願意了。」

深吸一口氣，我早就學會制止自己崩潰的辦法，一切就當開個玩笑。把內心深處的想法，用開玩笑的方式講出來，說錯或者得不到回饋，就不至於這麼刺痛。

我咧著嘴，笑著說：「林藝，問你最後一個問題，如果以後你再也看不到我，這個世上再沒有宋一鯉這個人，你捨得嗎？」

林藝頭也沒回，走出病房，兩個字輕飄飄傳到我耳中。

「捨得。」

4

年少時曾說，遇見你，就像跋山涉水遇見一輪月亮，以後天黑心傷，就問那天借一點月光。

月亮永遠都在，懸掛於時間長河之中。我從前一天來，要找的人是你。你往後一天去，不是我要找的人了。

第二章

悲傷有跡可循

努力地笑，想表現得不在乎，
不是勇敢和無畏，而是膽怯和卑微。
因爲我在乎。

Always Have
Always Will

1

母親說，我童年喜歡笑。一逗就笑，牛奶濺到臉上會笑，筷子掉到地上會笑，被大人舉起來採桂花會笑。父親把自行車停靠在路邊，將兩歲的我放在後座的兒童椅上，自己去超市買東西，我就對著川流不息的行人笑，笑個不停。

這些都是母親說的，我不記得。父親離開家的時候，我三歲。小學時查過辭典，問過老師，「離婚」是什麼含義，老師避而不答。

五年級的午睡時間，我睡不著，瞇縫著眼看到前排的胖子偷偷跑上台，藏起板擦。數學老師上課找不著，厲聲問，是誰搞丟了。

我嘿嘿傻笑，數學老師揪住我的耳朵說：「是不是你？你笑什麼，你笑就是你藏的。」

我倔強地站在那兒，因為耳朵被高高揪起，腦袋只能斜著。可是同學們都在看，我忍住疼痛，若無其事地說：「不是我，我知道是誰。」

數學老師沒有撒手，說：「誰？」

耳朵裂開般地疼，我感覺她再用力一些，我就無法保持笑容，大概還會哭出來。我說：「我不能打小報告。」

數學老師憤怒地說：「你給我站著，這堂課你給我站著上。大家看，就是這種人，誰也不准跟他玩，對這種人只有一種辦法，大便也要離他三尺遠。」

同學們哄堂大笑，我看見胖子笑得特別開心。

放學路上，我剛走出校門，被人一推，摔進花壇，枝葉劃破了臉。胖子從我原本站立的地方跳開，擠進一群同學中，他們一塊指著我大喊：「大便也要離他三尺遠！」

不能表現得狼狽，可是我吐出的口水都帶著血沫，在他們更加大聲的哄笑中，我甚至聞到了臭味，因為袖管上蹭著了一坨狗屎。

我想衝他們笑一笑，失敗了。小孩子奮力掩蓋自己的狼狽，失敗了。我一路哭著回家，右胳膊平舉，袖管沾著狗屎。

那天的哭聲，一直殘留到大學的夢境。

他們以為我喜歡笑，其實我只是掩蓋自己的狼狽。我明白了一件事，我從來不敢面對那些漆黑的目光。

努力地笑，想表現得不在乎，不是勇敢和無畏，而是膽怯和卑微。

因為我在乎。

林藝不明白。當然，關於她，我不明白的更多。

2

畢業之後，我和林藝很快結婚。

在大學談了三年，過程斷斷續續。我們就讀二本[2]，她從外地學院專升本[3]過來，在食堂認識。

當時我刷飯卡，餘額不足，身後排著的就是林藝。我回頭望她一眼，其實只是心慌，想找找熟人，但她貼得太近，四目相對。

這是我見她的第一面，長長的睫毛，額頭一抹雪白，天藍色的圍巾遮住下巴，白色羽絨衣的領口有一點點墨水漬。

她是白色的，白得發光，兩個酒窩像兩片雪花，如果伸手彈一彈，黃昏就亮到天明。

她愣了下神，往後退一步，立刻招來排隊同學的抱怨。我餓得厲害，正打算硬著頭皮，跟大媽賒帳，林藝輕聲說：「我替你刷。」

林藝讓大媽添了一勺馬鈴薯燒肉，一碗青菜筍尖。

我說：「不用這麼多。」

林藝微笑：「這份我的。」

我們面對面坐著，林藝臉紅了，說：「對不起，我也沒什麼錢，所以一塊吃吧。」

沒有比這更侷促的午飯，兩人用一個餐盤，每一口都小心翼翼，生怕占用了對方的配額。不知道為什麼，我總記得那些附在她身上的細節。領口的墨水漬，嘴角沾到的米粒，小手指的戒指印痕，低頭時睫毛會輕輕地動，陽光伏在她身上時，彷彿琴弦閃耀的細芒。

2 中國的「一本」指高考第一梯次錄取的大學，大多是全國重點大學；「二本」指第二梯次錄取的大學，大多是一般綜合型大學。

3「專升本」是中國教育體制中，專科學生升至本科學校或者繼續學習專業的考試制度。

從那天起，我陪她晚自習。

冬天，南京迎來一場大雪，階梯教室燈火通明，雪花和風一起順著窗戶玻璃滑行。她坐我旁邊，停下手中的筆，翻了翻手機，對我說：「能幫我買一盒牛奶嗎？」

我走到超市，買完牛奶想熱一下，結果微波爐壞了。

站在走廊，扶欄外有一棵不知名的樹。路燈斜斜打亮了一半，暗黃的枝幹，潔白的雪花，深邃的夜色，像虛無中盛開的一場葬禮。

我把牛奶焐在懷裡，焐了一刻鐘，牛奶應該溫熱了。

走回階梯教室，原本的座位已經沒人。微信不回，電話打不通，我繼續焐著牛奶，等到鈴聲響起，同學們收拾東西陸續離開，也沒有任何消息。

教室的燈依然亮著，我打到她的宿舍，室友兔子接的電話。

兔子說：「你別找她了，找不到的。」

我說：「怎麼可能找不到，我會一直找。」

兔子說：「她剛收拾東西，搬到校外去住了。」

我說：「那我也去找她。」

兔子說：「她不是自己一個人。」
我說：「為什麼？」
兔子說：「唉，算了，告訴你吧。她以前讀的學校有男朋友，現在她男朋友也專升本，考到咱們學校來了。」
我說：「為什麼？」
兔子沉默一會兒，說：「昨天她站在陽台，站了很久。我給她拿外套過去，才發現她一直哭。所以你也別逼她，你不是她的未來。」
我不是她的未來，那個兩個人一起用的餐盤，小心翼翼的午飯，只是冬天偶然的饋贈。
站在大雪紛飛的校園，我喝掉了那盒牛奶，像喝掉了自己的體溫。

半年後，我的生日。因為從小沒有過生日的習慣，便不通知朋友，入夜獨自找了家麵館坐下來。
老闆端給我熱氣騰騰的麵條，我剛拿起筷子，旁邊傳來女孩的招呼聲：「老闆，這裡加個雞蛋。」

我幾乎懷疑是幻聽，慢慢扭過頭。林藝說：「對不起，我也沒錢，只能給你加個雞蛋。」

我慌忙低頭，眼淚不受控制地墜落。林藝說：「謝謝你沒有找我，所以我找到你了。」

我腦海一片空白，正如這半年生活也是一片空白，雙手顫抖，想問，你回來了嗎？你還要走嗎？

這些問題，一個都沒問出口。

其實她消失的那段時間，我每天從早到晚都在想，她和他在一起的時候，會為他夾菜嗎？兩人會有說不完的話嗎？她對我說過的，也會跟他說嗎？

林藝坐到我身邊，輕聲說：「生日快樂啊，宋一鯉。」

畢業前，宿舍空空蕩蕩，人去樓空，原本堆滿雜物的房間只留下靜默的陽光。我找過幾次工作，母親說不如回家做飯館生意，至少收入有保障。

這些不是我想要的生活，甚至是我心中試圖擺脫的底色。沒有去過四海、穿過四季，誰也不想困在出生就掙扎的原地。

一家廉價賓館，林藝抱著腿坐在窗台上，破損的窗簾隨風擺動，郊區的夜毫無起伏，遠處幾點燈彷彿凝固在無限的黑洞裡。

她的背影單薄又脆弱，玻璃倒影中我看不清面容。她說：「真難啊，再試試。」

我說：「一定行的，大家都一樣。」

她說：「如果我沒有能力在南京待下去，你會不會養我？」

我說：「會。」

她說：「從小我就發誓，長大絕對不過窮日子。你知道我家裡條件多差嗎？你知道我除了上大學就沒有辦法走出來嗎？你知道對我來說，專升本有多難嗎？」

我突然想起來，林藝每日雷打不動地晚自習，寫滿備註的筆記，以及我們唯一一次逛街，她買的唯一一件碎花長裙。

她說：「我千辛萬苦走到這裡，最後就去了你家飯館，你做廚師，我當服務員嗎？」

我說：「不會的。」

她回過頭，臉上全是眼淚。

她說：「宋一鯉，那我們結婚吧。」

結婚一年，林藝離開那天，行李堆在飯館門口，計程車開到路邊，她不要我幫忙，把箱子放進後車廂。

後半夜的燕子巷悄無聲息，飯館招牌的燈沒關。林藝靠近車門，衝我笑了笑，說：「你備菜吧，別耽誤明天生意。」

櫃台邊的木架上吊著一根棉線，十幾個夾子夾著我們的合照，從我的視角望去，林藝打開車門的一瞬間，變成了最後一張照片，和結婚照相鄰。

3

林藝離開燕子巷以後，我的生活越來越無望和鬆散。日常必須要完成的事，只剩母親的衣食起居。我能想到的辦法，就是聯繫仲介賣了飯館，拿到的錢至少可以安頓母親。

而林藝每月發來的訊息，無一例外都是相同的話，催促我辦離婚手續。

那些訊息我沒有刪除，也沒有答覆。這是我和世界最後的紐帶，答應她，如同踢翻了上吊者腳下的凳子，無法反悔，永遠安眠。

車禍是為了讓她來看我一眼，僅此一眼。

林藝走出病房，我一點一點萎縮。

沒多久她發來訊息：「三天後我再來，我們去趟民政局，把婚離了。這是最後一次求你，你繼續不同意也無所謂，訴訟解決吧。」

我在病床上躺了很久，想不出如何回覆。

林藝又發來訊息：「我房子裝修好了，有自己的生活。」

4

我在醫院待了三天。白天蜷縮在被窩，仔細翻手機，檢查備忘錄裡哪些事還沒有完成，聊天記錄和相冊哪些需要刪除。

晚上買點啤酒，上樓頂，一個人喝到可以睡著。夜風吹拂，城南的燈覆蓋街頭巷尾，人們深藏進各自的領地。

如果我死了，應該沒有追悼會。遙遠的小鎮，我經歷過父親的葬禮。按照農村的習俗，從守靈、抬棺到誦經，雨水中擺了三天的白席。許多未曾謀面的親戚和鄉親，人頭擁擠在臨時搭建的布棚，我那時候七歲，不理解他們臉上的表情。母親住在小鎮車站的旅館，沒有參加葬禮，早上帶我到雨棚門口，晚上再接我回旅館。

長大後我問母親：「你恨不恨他？」

母親說：「恨。」

我也恨，但對父親的記憶太模糊，腦海裡甚至勾勒不出他的面容。這種對陌生人的恨，痛徹心扉，直到母親腦中風搶救，出院後口齒不清，我清晰地感覺到身體裡洶湧的恨意，胸腔日夜戰慄，彷彿無處洩洪的堤壩。

我口袋裡擱著一瓶安眠藥。三天後林藝再來，聽到我的死訊，她會難過吧。最好有一點內疚。讓她抱著一點內疚度過餘生，也算我開的最後一個玩笑。

在醫院死去，太平間都是現成的，沒有身後事，省得給無辜的人添麻煩。

療養院的母親偶爾意識清醒一下，會想起我。她的口袋裡有一張我和林藝的結婚照，背後寫了一行字，告訴她兒子去結婚了。

我還買了烤香腸，委託護士帶給那個貪吃的小女孩，這應該是我欠這個世界的最後一件事。

第三天深夜，我走到馬路對面的便利商店，拎著麵包和啤酒走回醫院。南京的小雨一直沒停，住院部燈火通明，我挑了張草坪角落的長椅，擦都沒擦，坐著發呆。

路燈照亮細微的雨絲，我的影子融進大樹，一切沉寂，彷彿宇宙初生，生長和消亡不為人知。

麵包、啤酒和安眠藥依次擺開，這是我今夜的安排。不記得喝到第幾罐啤酒，發亮的雨絲在眼簾旋轉，如同無數閃爍的耳環，天地之中舞動不休。

下輩子快樂的事可能多一些。

我試圖笑一笑，眼淚卻嘩啦啦掉。

5

當我第一次對活著失去耐心時，就想到母親。想到她曾在人間年輕健康，過普通人的生活，而日出日落之間勞動都是為了我。

她操勞一生的飯館，我賣了，連同那棟祖輩留給她的小樓，六十萬，全部繳納療養院的費用。父親走了之後，我和母親的生活開銷，全部依靠小飯館的經營。我分辨不出自己對飯館的感情，母親用它養大了我，而我厭惡自己只能困在那裡。

長椅冰涼，雨水浸透的衣褲漸漸沉重，平躺的我意識即將退散，想起一個人。

大學時代，從沒想過接手飯館。同宿舍的吳棲，因為臉太方，人稱方塊七，一直堅信我未來可期。

他踩三輪車到批發市場，搞了一堆小商品在食堂門口擺地攤，風雨無阻，每日叫賣四小時。他把賺來的錢分成兩份，一份寄回家，一份放在抽屜裡，告訴我抽屜裡的錢隨便拿。

我沒有拿過，直到談戀愛，第一次約會，硬著頭皮問方塊七借錢。方塊七打開抽屜，把所有的錢都塞進我口袋，說：「別去肯德基，找家西餐廳行不行，我也不知道要花多少，你先全拿著。」

方塊七說：「別想著還了，將來你們要是結婚，就當我的禮金。」

方塊七是大三退學的。批發市場裡發生群毆，他護著自己的貨，挨了十幾棍，嚴重腦震盪，都查不出來誰下的手。

畢業後我攢了點錢，坐長途車去泰州，方塊七的老家。兩年沒見，我作夢也想不到，方塊七基本沒有自理能力了，躺在床上，吃喝拉撒都要年邁的父母照顧。當時我坐在床邊，方塊七瞪著眼睛，眼珠調整方向，咧著嘴口水淌個不停，喉嚨卡出一聲聲的呵呵呵。

他父親手忙腳亂給墊上枕頭，對我說：「他看到你了，他認識你，他認識你的。」

方塊七靠著枕頭，身體鬆軟，胳膊擺在兩側，只有手指像敲鍵盤一樣抖動，腦袋轉不過去，就眼珠斜望我，眼淚一顆一顆滾下來。

他父親說：「他想跟你講話，講不出來，急。」

我抓著方塊七的手，說：「那你聽我講，我講，你聽。」

絮絮叨叨半個多小時，方塊七的父親都打起了瞌睡。

我替方塊七掖好被子，站起來說：「我走了。」

沉默一會兒，說：「我過得不好，做做家裡的那個小飯館，這輩子，也就這樣了吧。」

平靜許久的方塊七突然脖子爆起了青筋，嘴巴張大，頭往前一下一下地傾，用盡全身力氣，向前傾一下，便發出一聲嘶啞的喊叫。

我被嚇到了，跌跌撞撞衝出房門，蹲在院子裡失聲痛哭。

我知道，方塊七不接受自己的生活，也不接受我的生活。

我們兩人曾經是上下鋪，深更半夜聊天。方塊七說：「你將來肯定能幹成大事。」我問：「什麼大事？」方塊七說：「你看我擺地攤這麼拚，也算人才，將來你幹大事，一定要記得帶上我。」

我說：「沒覺得自己有什麼厲害的地方。」

方塊七用腳頂了頂床板，說：「宋一鯉，你相信我，只要活著，你什麼事都能幹成。」

回程車上，我昏昏欲睡，耳邊迴響著方塊七痛苦的嘶喊。像一個啞巴被桿麵棍壓住胸腔，把人當餃子皮一樣桿，才能擠出那麼淒慘撕裂的聲音。

恍恍惚惚，方塊七的哭聲，母親的哭聲，混合著自己的哭聲，在小雨中此起彼伏。我摸到長椅上的藥瓶，整瓶倒進了嘴裡。

第三章
秋天的旅途

世界是有盡頭的，
在南方洋流的末端，冰山漂浮，雲和水一起凍結。

Always Have
Always Will

1

我和林藝結婚半年，母親忽然腦中風。半夜，幸虧我聽見她房間電視一直響著，想去替她關掉，進門發現母親躺在地上，嘴角流下白沫，無意識地掙扎。搶救過來後，母親記憶變差，同樣的問題會反覆問，癡呆的症狀越來越嚴重。我沒有錢請護工，只好辭了工作，回家打理飯館，這樣可以照看母親。廚房永遠響的漏水聲，油膩的地板，擦不乾淨的灶台，我機械地去熟悉這些。有天喝醉的客人鬧事，不願意結帳，還掀翻了桌子。客人把我按在地上，非說訛了他錢，我的衣服沾滿他的嘔吐物。

母親像孩子一樣大哭，我奮力翻身，衝到櫃台，母親小便失禁，尿在了椅子上。我一邊抱住她，一邊微笑著對客人說：「你們走吧，這頓我請。」

深夜我收拾凌亂的飯館，林藝站在門口。我不敢望向她，不敢面對妻子眼中的絕望。掛鐘的秒針一格一格發出細微的聲響，我突然意識到，這是不是林藝離開我的倒數計時。

又過半年，林藝提出離婚。她沒有等我回答，直接離開了燕子巷。

我原本就在深淵，沒有更低的地方下墜。我明明知道早就應該同意她的要求，可擁有她的歲月，就像穹頂垂落的星光，是僅剩的讓我抬頭的理由。

林藝無法忍受的生活，注定是我的餘生。

人活著為了什麼？做不擅長的事，接受不樂意的批評，對不喜歡的人露出笑臉，賺他們一點錢，讓自己多活下去一天。

我依舊要和人們打交道，在他們眼中，我過得很正常，就是一個令人生厭的飯館老闆。

某個夜晚，我洗好碗，放進抽屜，推進去的時候卡住了。我拉開重新推，還是推不進去。再次拉開，用力推，反覆推，瘋子一樣拉，推，拉，推，歇斯底里，直到用盡全力地踹一腳，抽屜內發出碗盤破碎的聲音。

我知道自己也碎了。

我去看醫生，醫生說我有嚴重的憂鬱症，配了些草酸艾司西酞普蘭和蘿拉西泮。我吃吃停停，情緒越來越糟糕。壓抑是有實質的，從軀殼到內臟，密不透風地包裹，藥物僅僅像縫隙裡擠進去的一滴水，澆不滅深幽的火焰。

時間治癒不了一切，它只把泥濘日復一日地堆積。母親坐在輪椅上，抱著鐵盒，身子側靠櫃台，眼睛沒有焦點，偶爾彷彿睡夢中驚醒，喊我的名字。

我走過去，母親問：「兒子呢？」

我說：「在這裡在這裡。」

母親問：「兒子什麼時候結婚？」

我說：「結過了結過了。」

母親說：「我要等到兒子結婚，我要等到兒子長大……」

她低低地咕噥，緊緊抱住鐵盒，那裡面是一份她的人壽保險。

2

當雨絲打在臉上，我以為人死了以後依然有觸覺。仰面平躺在長椅上，視野裡夜空和樹枝互相編織，頭疼欲裂。翻身坐起，腳下踢翻幾個叮鈴噹啷的啤酒罐。

我迷迷糊糊記得吞了整瓶安眠藥，大部分的記憶有點碎裂，斷片了。掏出手機一看，五點沒到，估計昏睡了幾小時，從頭到腳都是宿醉的反應。

乾嘔幾聲，踉踉蹌蹌走了幾步，頭暈目眩，扶著樹晃晃腦袋，才清楚意識到一個問題——我沒死成。

我強撐著彎腰，撿起啤酒罐，丟進垃圾桶，搖搖晃晃走回住院部，摸到自己病床，倒頭就睡。今天一定要死掉的，妥妥死掉，但先讓我再睡一會兒，宿醉的腦子太混沌，想不出一種新的死法。

這一覺睡得非常漫長，夢裡有個熟悉的聲音一直哼著一首歌。

I don’t live in a dream.

I don’t live in a dream.

I don’t live in a dream.

潔白的面龐，長長的睫毛，天藍色的圍巾遮住下巴，林藝小心翼翼夾起一片筍尖，不好意思地對著我笑：「對不起，我也沒什麼錢，所以一塊吃吧。」

再次醒來，直直對上護士充滿嫌棄的臉。

除了頭疼，我什麼都記不起來，傻傻望著氣沖沖的護士。她遞來一瓶水，冷冷地說：「住院三天，喝了三天，你跑醫院蹦迪[4]來了？」

我按著突突跳動的太陽穴，艱難回答：「腿斷了，蹦不起來。」

護士抱起被子，下了逐客令：「三天到了，你可以走了。」

我左右張望，隨口問了句：「隔壁床的大爺呢？」

護士似笑非笑地說：「早上出的院，你親自送的他，忘了？」

我拚命回憶，腦海全無印象。「真的？」

護士一臉幸災樂禍。「當然是真的，人家兒女終於商量好接老父親回家，結果你哭得天崩地裂，跪在車前不讓他們走。」

我呆呆地又問一遍：「真的？」

護士點頭：「你還威脅他們，說舉頭三尺有神明，他們要是對丁大爺不好，就會被天打五雷轟。」

我不想聽了：「這話說的也沒錯……」

護士接著說：「然後你就一巴掌劈向路燈，還好沒骨折，不然你又要賴三天。」

怪不得左手隱隱作痛，我看看紅腫的小指，坐在病床上有點恍惚。

護士知道我斷片了，猶豫了下，說：「丁大爺讓我轉告，說謝謝你，讓你好好活下去。」她嘆口氣，說：「心裡難受的話，多出去走走。」

3

我沒死成，那麼何處可去？

無處可去。

房子賣了，病床到期，林藝還在等我去民政局辦理離婚。

淋雨穿過草地，渾身濕透，在停車場找到了自己的小麵包車，一頭鑽進。我脫掉濕漉漉的外套，從副駕扯過來被子蓋上。被子是平常母親坐車用的，因為送外賣不放心把她單獨留在飯館。

車窗一大半破裂，雨絲凌亂飄入。手機響了，顯示林藝的名字。我丟開手

4 此處的「迪」字是指「迪斯可」，「蹦迪」就是去夜店跳舞的意思。

機，擰轉車鑰匙，破損不堪的麵包車喘著粗氣，慘烈地震動幾下，啟動了。

繞開有交警的馬路，快要垮塌的麵包車沿途引來驚奇的目光，我漠然前行。

路上我想，怎麼會選擇在醫院結束生命？

昨晚原本打算吃完整瓶安眠藥，靜靜地死在醫院。聖潔的白衣天使見慣生死，想必能妥善處理我的遺體。

現在回顧，這計畫遍佈漏洞。首先，我被搶救回來的機率太大，結果不用搶救，自己居然可以甦醒。

其次，醫院不欠我的。不能因為別人可以這麼做，你就得寸進尺，他們不欠你的，可以這麼做不代表應該這麼做。

一路胡思亂想，開到了湖邊。

我平靜地坐在車裡，車頭對著雨中的湖面。麵包車是林藝出主意買的，二手。接手飯館之後，生意冷清，林藝和我買了這輛麵包車，拆除後座，裝了吧台和櫃子。

我們做好便當，開車到學校或者住宅區，像個小小的流動餐廳。

母親沒有自理能力，就坐在副駕，繫好安全帶。林藝坐在後排，輕輕哼著歌。我永遠記得有一天，母親睡著了，我開著車，林藝把頭伸過來，說：「你看，好美。」進香河的盡頭是雞鳴寺，鬱鬱蔥蔥的山林上方，揚起輝煌的火燒雲。

林藝說：「等媽媽病好了，我們一起開車自駕遊，開到世界的盡頭。」

母親的病不會好的。那天只賣出去三、四份便當，一位大姐剛走近麵包車，就尖叫起來：「什麼味道？你這什麼味道？一股子尿騷味！」

接著母親用手拍打自己的胸口，哭得像個受辱的小孩，她尿在了車上。

開車回家的路上，街道亂糟糟，各家店鋪放著音樂，公車輪胎碾過柏油路，小孩打鬧，玻璃瓶砸碎，電動車相撞……但我清楚地聽見自己的呼吸聲。後視鏡裡，我看到林藝黯淡無光的眼神。

我握著方向盤的手是顫抖的，渾身冰涼，內心匍匐巨大的恐懼，彷彿一尾鋒利的魚在身體裡游動。

4

差不多該走了吧。望著後視鏡，我用力想對自己擠出一個笑容，試了幾次，嘴角不停抽動，笑得難看又悲涼。

深吸一口氣，再笑一次。

沒成功。

算了。

面前是不知來處的雨水和不知歸處的湖水。我閉上眼睛，踩向油門。就這樣吧，悄無聲息，連人帶車，一起消失在水中。

「叔叔，你要去哪裡啊？」

晚風寂靜，後排傳來脆脆的童聲，嚇得我一腳踩歪，愣是踏在了剎車上，麵包車差點散架，直接熄火。本以為發生幻聽，我驚愕地回頭，一個齊瀏海小女孩從後座冒了出來，大得出奇的眼睛，傻了吧唧地瞪著我。

活生生的小女孩，還揹個粉紅小書包。大眼瞪小眼半晌，我是嚇得腦子停轉，她是雙目充滿困惑，我終於由怕轉怒。「你誰啊？為什麼在我車上？」

小女孩皺皺鼻子。「我叫小聚，你欠我東西，忘啦？」

我從記憶裡檢索了一下，猛地想起是那個要吃烤香腸的小孩。「你你你……我已經讓護士買烤香腸送給你了，幹什麼呢，小小年紀又要來訛詐？」

小聚笑咪咪地說：「叔叔你別激動，我呢，是看咱倆有緣……」

「有什麼緣，」我不客氣地打斷她的裝熟，「你一個住院的跑我車裡幹什麼？走走走，我送你回去。」

這小孩可是分分鐘要搶救的，雖然如今我不怕任何連累，但心裡總會慌。

小聚連忙爬起，從後扯住我。「叔叔，回醫院也沒用，我是腦癌晚期，治不好的。你看在我快死的份上，能幫我一個忙嗎？」

她的語氣小心謹慎，鼻尖微紅，黑亮亮的眼睛蒙著層水霧，盛滿了哀求。

我知道，她說的是實話，面對生命有限的小女孩，我果斷回答：「不能。」大家都是快死的人，何必互相妨礙。

小聚一愣，低聲說：「可我回醫院的話，就出不來了。叔叔，我偷偷爬上你的車不容易，今年也才七歲，還沒見過外面的世界……」

我扭回頭，試圖再次打著麵包車的火。「那就在回去的路上抓緊機會，多看兩眼。」

確定得不到我的同情，她當即一收眼淚，彈回座位，兩隻小手交疊抱在胸口，斜視著我。「但凡你有一點點憐憫之心，至少問問幫我什麼忙吧？」

我頭皮頓時發麻，聽著怎麼這麼耳熟？這不和自己在病房對林藝說的話差不多嗎？破小孩啥時候偷聽的？

麵包車啟動了，我調了個頭，不想理會。

小聚更來勁了，劈哩啪啦積極發言：「我看你跟那個高跟鞋大姐姐一樣，都只想著自己的事，根本不關心別人。」

這小孩會的東西還挺多，上來就道德綁架。

我不想聽她繼續說林藝，隨口敷衍道：「那你說，要我幫什麼忙？」

她見風使舵，以為有轉機，討好地掏出張門票。「叔叔，我弄到一張偶像的演唱會門票，就是今天，在武漢，你能不能送我過去？」

我嗯嗯啊啊，悄悄開往醫院，繼續穩住她：「武漢太遠，你可以坐火車啊。」

小聚沒發現異常，解釋道：「我沒有身分證，不好買票。」

我說：「那你爸媽呢，讓你爸媽帶你去。」

我從後視鏡裡看到，她小臉一黯。「我生病後，爸爸就走了，媽媽每天要賣菜賺錢，沒時間陪我。」

我稍微觀察下，這孩子油頭滑腦，提及父母倒是真的難過。不過小孩就是小孩，家庭都困難成這樣了，還想著追星。

我掐滅心中的同情，看前方擁堵，切換導航。「你媽知道你跑出來嗎？」

小聚轉轉眼珠，還沒組織好謊言，就聽到導航大聲提示：「距離城南醫院還有十二公里，雨天路滑，請謹慎駕駛。」

車內氣氛尷尬，我怕她一激動，又要人身攻擊，放緩車速思考對策。

小聚嘆了口氣。「我本來想著，你人挺好的，應該會幫我這個忙。」她停頓一下，「那個大姐姐，是你老婆吧，她說的沒錯，你這輩子果然幹什麼都不行，連幫個小孩的忙都不行。」

我氣得差點翻車。「小孩子好好說話，別什麼都偷聽。」

她說：「叔叔你想，要是幫了我，不就證明你老婆是錯的嗎？」

我說：「閉嘴。」

車內長長的沉默，車一直開到醫院正門邊的岔路，紅燈亮了。雨點敲擊著車窗，我沒開口，小女孩的腦袋靠在車窗上，望著外面的雨和人，說：「叔叔，如果你要死了，會有什麼地方一定要去嗎？」

我想起來，世界是有盡頭的，在南方洋流的末端，冰山漂浮，雲和水一起凍結。

我說：「我去不了，也不用去了。」

七歲的小女孩長長地嘆氣，小臉緊貼冰涼的玻璃，目光露出絕望，像水鳥折頸時的雙眼。

她說：「叔叔，我不該纏著你。我一直想，長大了保護媽媽，好好念書，賺到錢給媽媽開一間超市，她就不會這麼辛苦。我偷聽過醫生講話，他說我撐到現在都挺意外的。叔叔，我沒有機會長大了。」

我忽然眼淚衝出眼眶。她的願望，我也有過。我長大了，但是實現不了。

小女孩低聲說：「叔叔對不起，我想著沒有機會長大，哪怕能看一場演唱會也行啊，但是不可能的，本來就沒有機會。」

她彷彿釋然地坐直，說：「叔叔，那我就在這兒下吧。」

紅燈閃爍，轉成綠燈。

她推開車門。「叔叔，再見。」

5

「告訴你媽媽和醫生，你會乖乖吃藥，有情況立刻回醫院。」

「好的叔叔。」

「你媽媽要是報警了，我立刻把你送回去。」

「好的叔叔。」

破爛的麵包車駛入秋天，雨絲漫無邊際。

第四章

Sometimes ever
Sometimes never

孤獨來自生命中那些重要的人，
他們的影子扎根在舊時光，笑容不知道去了何方。

Always Have
Always Will

1

人活著為了什麼，人死了會去哪裡，我探究過這兩個問題的答案。

活著為了各種結果，我試圖放棄對結果的渴望。春風吹過燕子巷，我渴望一切變好，父親出現在巷口，母親手腳靈活，輕快地彎腰摘蔥，小孩子睡醒了，萬里晴空。

小時候做作業到深夜，渴望期末考能進前三名。幫助值日生擦黑板，渴望同學們放學就接納我。

長大了在自習教室坐到熄燈，渴望熟悉的身影走進路燈的光影下。撥一個無人接聽的電話，渴望手機彈出溫柔的回覆。

替母親擦拭身體，渴望她吐出清晰的字句。凌晨四點起床，渴望這一片屋簷永不塌陷。

這些渴望，日夜生長，逐漸荒蕪，當草原失去生機，就從裂縫中升騰起黑暗，伸手不見五指，腳印和積雪全部消融，烏雲緊貼地面。

母親說，人死了以後，提前離開的親人都會在另外一個世界等你。

我偶爾想，這會不會就是另外一個世界。

在紅燈閃爍的瞬間，我看見小聚眼中的渴望在熄滅，我心想，送她一程也行。早死晚死，我不會改變，世界不會扭轉，她說的也有道理，我這輩子幹什麼都不成，最後時刻幫一個小女孩，當為下輩子積德了。

2

我開著車，問副駕上抱緊書包的小聚：「具體什麼地址？算了，你把票給我看看。」

她遞過來一張皺巴巴的票，我有點詫異地說：「你還真買了？」

小聚嘿嘿一笑。「說出來你不相信，是一個病友出院前送給我的，她說，我一定有機會可以看到。」

我拿起票瞄了瞄，渾身打個冷顫。「陳岩？陳岩的演唱會？這這這……她是我大學同學啊！」

小聚瞪大眼睛。「叔叔你吹牛吧？」

我記住地址，把票扔回去。「說出來你不相信，真是同學。」

麵包車晃晃悠悠，後視鏡能望到隱約的黑煙，估計是車屁股冒出來的。小聚的嘴巴就停不下來：「叔叔，那你能把她的微信推給我嗎？」

我說：「推給你也沒用啊，人家又不會通過。」

小聚說：「這是我自己要解決的問題，你不用管。」

我懶得跟她糾纏，剛推給她，她又開始新一輪的折騰，毫無禮貌地直接發問：「叔叔，你真的這麼沒用嗎？」

我說：「還行吧。」

小聚說：「叔叔，你的車又破又難看，難怪老婆都跑了。」

我一腳剎車。「坐後邊去行不行，別煩我。」

她無動於衷，指著遮陽板掛著的照片。「這是你的結婚照嗎？」

我一把扯下來，丟進扶手箱，沒有理會破小孩，破小孩依舊不依不饒：「這麼大年紀，怎麼還發火了呢。」

我無力地反擊了一下：「你再這樣，我不送你了啊。」

我經歷過很多種吵鬧，心中誕生過很多種憎惡，最後也不就像廚房垃圾桶裡那條死魚一樣，任隨爛菜葉子堆在身上，反正都是要一起扔掉的。但這個小孩的聒噪，我感覺在可以阻止的能力範圍之內，又不知道從何下手。

恰好麵包車突突幾聲，油門鬆軟，我趕緊靠邊，果然車子故障了。鬆了口氣，我扭頭對她說：「不是我不送你，車壞了。」

小聚正視前方，面無表情地說：「你老婆說的沒錯，你果然什麼事都幹不成。」

我的太陽穴脹痛。「那車壞了，我有什麼辦法？」

小聚說：「壞了就修。」

路邊提款機，顯示餘額為人民幣兩千八百六十四塊，我把小女孩拉過來，讓她看了看數字。小聚驚奇地望著我說：「奇怪了，你給我看什麼，我又沒有錢。」

我說：「回去吧。」

小聚說：「你老婆說的沒錯，你這一輩子……」

我迅速按下密碼，取出了能取出來的所有錢。「修修修，我修。」

小聚翻書包，找到幾張十塊，獻寶似的高舉。「給。」

3

拖車花掉兩百塊，其餘費用要等檢查完畢。我拒絕了有關車子外型上的任何整頓，目標非常明確，跑得起來。

修車師傅叼著菸，躺進了車底，幽幽傳出一句話：「又費力，又賺不到錢，真不想做你這單生意。」

小聚抱著書包，縮在籐椅上，安靜地睡著了。我走到隔壁小雜貨店，買了幾瓶水，兩個蛋糕，一包火腿腸，打算當作路上的乾糧。

淅淅瀝瀝的雨掀起漫無邊際的霧氣，我拎著塑膠袋，路過小巷，牆邊一堆碎磚裡鑽出一條黑影。我停住腳步，黑影是隻濕透的黑狗，畏怯地走到我腳邊，坐下，小心翼翼地把腦袋擱在我腳面。

我蹲下仔細看著牠，牠缺了半隻耳朵，鼻梁上有一道長長的疤痕，眼角還有血漬，肚子拖到地面，懷孕了吧。

摸摸牠的頭頂，牠也不躲避，就低低嗚咽了幾聲。

雨水在腳邊匯聚成細窄的河流，帶走骯髒的菸頭和幾張小傳單。那不斷絕的水聲，彷彿有人不斷絕地嘆息。

我打開塑膠袋，撕開幾根火腿腸，放到黑狗嘴邊。牠的眼睛烏黑，渾身滾落水珠，依舊低低嗚咽。

我小聲說：「你也沒人要啊。」

4

從南京到武漢，開車要七、八個小時。

收音機裡一位大哥深沉地敘述情感經歷，最後得出結論，他說：「為什麼談婚論嫁的不得善終，遊戲人間的如魚得水？因為你一旦認真了，奔著廝守終身去了，所有的犧牲都想得到回報，所有的付出都想得到回應，你所有的等待和關懷，一旦沒有回饋，都會變成對自己的折磨。而遊戲人間的，他得不得到無所謂，他安撫一顆心花了六個小時，送一頓早餐跑了十公里，不顧眾人目光獻上滿車玫瑰，並不是為了讓別人把終身託付給他。所以，對方不給他平等的回應，他不會難過。談婚論嫁的不得善終，因為他有期盼；遊戲人間的如魚得水，因為他沒當真……」

聽到這裡，訊號斷了，麵包車帶著我和小聚，駛入了安徽地界。

路牌一個個掠過，雨絲細密，窗縫漏進嗚嗚的風。手機響了，小聚直接掐掉。「哎呀我得關機了，我媽發現了，估計在找我。」

我說：「趕緊跟你媽說一聲，肯定急壞了。」

她拿起手機發語音：「媽媽我沒事，挺好的，求求你讓我出去看看好嗎？我不想在病房等死。」

我說：「你媽肯定報警。」

小聚說：「不會連累你的，看完演唱會就回去……哎我媽又打……」她猶豫一下，關機了。

我說：「最看不起這樣的小孩了，動不動關機，一點責任心也沒有。」

話音未落，我的手機也響了，一看來電顯示，林藝。

我二話不說，關機。

小聚翻了個白眼。「最看不起這樣的大人了，動不動關機，一點責任心也沒有。」

黃昏，即將抵達武漢，路旁出現蓋大棚的農戶，大媽披著外套，坐在簡陋的攤子後，不抱希望地吆喝：「草莓要嗎？」

我靠邊停車，說：「要。」

大媽不敢置信，左手舉起QR Code，右手端給我滿筐草莓。「你真的要買？我都沒想到這時候會有人要買。」

我用手機掃描。「那你為什麼要出來？」

她笑著說：「你這不來了嗎？誰知道會碰到誰，總能碰到點想不到的。」

本土小草莓，粉粉白白，不甜也不香。小聚用礦泉水洗過，嘗試把草莓塞到我嘴裡，見我扭頭，自顧自一顆顆吃起來，津津有味。

「好吃。」她讚美草莓，還說因為太貴，她媽媽很少買，「我作夢都在想，我能吃草莓吃到飽就好了。」小女孩咕噥著，睡著了。

最後一段高速公路，麵包車超過貨車，貨車尾燈紅光甩在小聚臉上，她始終沒醒。在我心慌地伸出手指探她呼吸時，她晃了晃腦袋，小嘴吧嗒兩下，露出滿足的笑容。

駛入市區，心中恍惚，我怎麼會來武漢的。

5

開到露天體育館，寬闊的前門台階上烏泱泱的人群，館外掛著陳岩的巨幅海報。我推了推小聚，她揉揉惺忪的眼睛，問：「到啦？」

我把她送到入口。「你一個人行不行？」

她肯定地點頭。「我可以的，叔叔，結束了我怎麼找你呀？」

我嘆口氣，對啊，還得送她回南京。「等你看完演唱會挺晚的，我先去找個飯店，地址發你手機上，看完給我打電話，明天我們再回去，今天開不動車了。」

我打開小聚的手機，撥了自己的號碼，然後掛斷，發現小聚沒回答，瞪大眼睛望著人群。

她從未見過這麼大陣仗吧，幾乎都是年輕人，說笑聲浪潮般在場館台階上翻滾，外圍的黃牛們手握兩遝門票，啪啪作響地穿梭其中。最亮眼的還是紀念品小販，不管阿姨還是大爺，頭上都戴著螢光圈和電子頭飾，渾身掛滿螢光字牌，像個移動的人形燈箱，那點點或紅或綠的光源就從他們身上擴散出去，逐漸點綴到觀眾的滿身。

「喂！」我喊住一個小販，掏出十塊錢，「來一個發光的貓耳朵。」

小販答：「二十塊。」

「搶錢嗎？」我還在考慮，小聚氣鼓鼓拉住我的胳膊，說：「叔叔，我不要。」

我沒理會，默默拿出二十塊，買了貓耳朵戴在她頭上。「別往人堆裡擠，你個子小，他們看不見你，容易撞到。」

貓耳朵一閃一閃，映著小女孩興奮的笑容。場館內音樂聲炸響，觀眾開始入場，小聚點頭剛要離開，突然定住腳步，認真問我：「叔叔，你一定會送我回去吧？你不會偷偷摸摸……偷偷摸摸跑了吧？」

是我的錯覺嗎？武漢的雨更大一些，天邊隱約閃爍電光。

我說：「肯定送你回去。」

小聚轉身，背上的書包跟著她一跳一跳，小女孩消失在人群之中。

我胡亂晃悠，用手機搜了家三星級商務飯店，店名還挺氣派，叫「江畔公館」。到了大廳，滿目蕭瑟，磨禿的地毯，發霉的壁紙，前台木桌子裂了條大縫。

掃了眼房價，我說：「你這條件兩百八一晚，也不便宜啊。」

前台笑容可掬。「先生您好，您可以住別家去。」

我說：「算了，湊合湊合吧。」

前台說：「押金三百。」

我遞過去現金，前台收進抽屜，桌上電話響了，他和氣地接聽：「您好，前台。」

電話內聲音巨大：「怎麼有老鼠！我房間有老鼠！你給我換一間！」

前台和氣地說：「您好，換一間可能也有老鼠，您確定要換嗎？」

電話那頭的客人似乎被震撼了，沉默一會兒說：「那你把這間的老鼠弄走。」

前台和氣地說：「您好，本店不提供滅鼠服務。」說完他就掛了，不帶一絲猶豫。我趕緊貼上去：「不行啊兄弟，我帶著小孩，小孩生病了，你這裡衛生條件不行啊！」

前台斜眼看我。「小孩生病了還住我這裡，你不怕病上加病？」

我說：「那我能退嗎？」

前台和氣地說：「您好，本店一概不退。」

我沮喪地轉身要走，前台喊住我，丟給我一張門卡：「這間我打掃過，三樓，平時自己也會住，給你吧。」

進房間我四處檢查，發現的確算乾淨。我掏出手機，把地址發給小聚。打開窗戶抽了根菸，街上行人紛紛，不知哪裡傳來情歌，雨越來越大，道路水光瀲灩，霓虹閃爍。

林藝的未接來電已經兩個，大概去了醫院沒有找到我。她是世界上僅剩的尋找我的人，原因卻是為了徹底離開我。

孤獨從不來自陌生人，城市中互不相識的人們似乎戴著罩子，各自穿梭，漫天雨水敲擊不到心靈。孤獨來自生命中那些重要的人，他們的影子扎根在舊時光，笑容不知道去了何方。

我的腦海沉寂無聲，心臟一陣陣絞痛，產生所有感覺的這兩個器官之間似乎斷了聯繫。

走出賓館，一直走，漫無目的，走到大排檔一條街。角落有家生意冷清的炒飯攤子，我坐下來，肚子並不餓，只要了一瓶白乾。

喝了幾口，胸口灼燒，眼淚莫名其妙開始滴落。

林藝的電話再次響起，我接通了。

我有些醉意，說：「你好，請講。」

林藝沉默一下，說：「宋一鯉，我們必須離婚了。」

我說：「我不同意，你去法院好了，告訴法官，說你出軌了，對不起我，然後我就告訴法官，沒關係，我原諒你。」

這段話流暢又冷漠，卑微又殘酷，簡直技驚我自己，能把路封死到這個程度，我超常發揮。

林藝說：「我懷孕了。」

頭頂雨棚乒乒乓乓，我能聽清楚每一滴雨水砸在布面上的聲音。遠處有個酒瓶被砸碎，隔壁女孩嬉笑著點燒烤，一輛計程車衝過馬路，濺起半人高的水花。

對面三樓一盞燈滅了，無聲無息，那扇窗戶陷入黑暗。

我的心臟不痛了，沒有了，就這麼活生生地消失了。

他們說，眼淚的原料是血液，所以別哭。我哭不出來，我的心臟沒有了，我的血液沒有了，我的眼淚沒有了。

四周人影晃動，我癡癡地看著掛斷電話的手機螢幕，心想，我為什麼沒有死。

面前多了一碗炒飯，我抬頭，老闆拍拍我肩膀。「我請你的，吃點東西再喝酒。」他用圍裙擦擦手，「男人哭成這樣，我不知道你出了什麼事，也不應該問你，請你吃碗炒飯，撐住啊。」

我大口大口吃著炒飯，用力咀嚼，用力吞咽。咽不下去，就喝一口白乾把飯沖下去，什麼都不願意想。

暴雨如注，臨街的一桌青年敲著杯子唱歌，還把酒瓶丟向馬路，行人紛紛閃避。老闆拿著炒飯過去勸說：「我要收攤了，送大家一份炒飯，交個朋友。」

一個光頭揚揚下巴。「趕我們走？」

我翻轉酒瓶，已經空蕩蕩，啪地丟到腳下，搖搖晃晃站起來，不知道為什麼，死死盯著隔壁桌。

老闆賠笑道：「我沒這個意思，就怕樓上報警，那多不好……」

光頭將他推倒，老闆的帽子掉在地上，被風飛快捲走。光頭說：「今天我們不喝高興，誰都別想走，拿酒！」

老闆爬起來，說：「兄弟，給個面子……」

光頭揪住他的領子。「你算什麼東西，我要給你面子？」

老闆努力掰他的手。「我不算什麼東西，你別跟我計較，這樣我給你們打八折好不好？」

光頭把他整個人都提了起來。「你這態度，還想收錢？」

「放手。」我站起來。

「啥？你再說一遍？」光頭看向我，他身後的朋友站起來。

我往地上吐了口口水，腳一滑，差點沒站穩，趕緊扶住桌子，指著他們說：

「他媽的聾子啊，我讓你放手。」

接下來發生的事，從我的視角看，所有東西都在翻滾。雨夜的天空，墨綠的雨棚，飛來飛去的酒瓶，驚慌的面孔，像畢卡索畫中的漩渦，全部扭曲，全部旋轉，全部破碎。

桌子都被撞翻，我抱著光頭滾成一團。

青年們的拳腳在我身上落下，奇怪的是竟然不疼。我手腳失去控制，只是死死摟住光頭，用盡一切方法，揮空了就用頭撞，撞暈了就用腳踢。

我倆在地面扭打，幾乎要滾到馬路上。老闆惶恐著大喊別打了，我根本不想停手。打啊，我還沒打過人。父親離開的時候，我不知道打誰。母親跳樓的時候，我不知道打誰。他們說，就是因為我，這個家才會死的死，沒的沒，那麼，打死我吧。

有人操起塑膠板凳，砸向我的後背。

打死我啊，有本事你們打死我啊，反正我也不想活了！

突然青年們停了手，包括光頭，臉上都是害怕和震驚。

我氣喘吁吁，意識到自己吼出了心聲，那句心中瘋狂的咆哮，我居然喊出了口。

我擦了擦嘴角的血跡，站起來，走了兩步，青年們集體後退。

我伸出手，想去抓住光頭的衣領，剛抬起胳膊，整個人就被緊緊按住。

「蹲下，警察，都給我老老實實蹲下！」

第五章

一萬年，
和一萬光年

小孩子得意揚揚，
童年沒有太陽，卻惦記著親手造一道光。

Always Have
Always Will

1

突如其來的鬥毆，集體被捕。青年們賠償了路邊攤的損失，在老闆的竭力指證下，加上只有我渾身傷痕累累，我變成受害人，警察教育了一番，便讓我簽字離開。

後半夜雨也小了，我走出派出所，意外看到小聚站在路旁，小臉皺得緊巴巴，滿眼擔憂。我摸了摸她的腦袋，說：「是不是睏了？」

小聚手裡有張攥了許久的紙巾，遞給我。「叔叔，擦擦臉。」

我接過來，問她：「演唱會好看嗎？」

小聚低頭說：「剛開始不到半個小時，雨太大，還打雷，取消了。」

我說：「那你怎麼來的？」

小聚說：「我先到飯店，服務員告訴我警察把你抓走了，再問燒烤店老闆，他說應該就是這裡。」

我有點愧疚，裝著滿不在乎地說：「那你在飯店等我好了，小孩子跑來跑去會跑丟。」

小聚嘆口氣。「還不是因為你，你太讓人擔心了。」

「啊？」我震驚了，「七歲的小孩說這話不合適吧？」

小聚指著一輛黑色商務車。「護士姐姐說你不靠譜，陳岩姐姐也說你不靠譜，她都過來了。」我順著她所指的方向，看見商務車車窗降下，露出一張記憶中熟悉的臉龐。她衝我微微一笑，恍如大學時代那個神采飛揚的女同學。

我們曾經食堂喝過酒，圖書館寫過歌，大平台辦過演唱會，當然我只是樂隊的跟班。陳岩說，看我寫的小說，覺得文筆還可以，寄希望於有一天，我能寫出讓她眼前一亮的歌詞來。我們喝酒的時候，我的酒品差，喝多了老哭。陳岩酒品更差，喝多了老搶著買單。模式簡單，我丟人，她丟錢。大三那年，她退學簽了公司，從此再未相遇。

五年不見，多了拘謹。轉念一想，她即使再成功，跟我也毫無關係，一個正在自我了斷的人，在她面前還能失去什麼。

車內一片寂靜，輪胎摩擦柏油路，嗞啦嗞啦，聽得我昏昏欲睡。

「你過得不好？」

「嗯，還行。」

「小聚發微信，說你出事了，我來看看能幫什麼忙。」

「她怎麼有你微信的？」

陳岩笑了。「她在備註裡說自己是宋一鯉的女兒，我就通過了。」

後座偷聽的小聚迅速扭回頭，一臉鎮靜。

「說吧，為什麼打架？你的性格我清楚，很少衝動。」

「他們欺負老實人。」

「跟你有什麼關係？」

「我也是老實人，同病相憐。」

「怎麼，你也被欺負了？」

「戴綠帽子了。」

陳岩正喝水，差點噴出來。笑吧，我沒什麼意見，這些觸痛不了我。她假模假樣地嚴肅，板起臉，說：「你們不是結婚了嗎？」

我說：「嗯，畢業後結的婚。」

她說：「你從來不聯繫我。」

我說：「因為你消失了。」

她說：「除了分手和死亡，沒有什麼消失。人啊，只跟想念的人聯繫。那林藝呢，真的消失了？」

我說：「她懷孕了，孩子不是我的。」

陳岩終於沒忍住，大笑出聲，肩膀顫抖，手中水瓶直晃。

我說：「很好笑嗎？是挺好笑的。」

她拍拍我的肩膀。「兄弟，你太慘了，慘到搞笑，要不，請你喝一杯。」

駕駛座的女司機突然開口：「岩姐，明早你要趕飛機，不能多喝。」

陳岩聳了聳肩，說：「對喔，武漢取消了，臨時加了場昆明，我得飛過去準備。」她沒有看我，望著車窗外，停止了嘲笑，平靜地說：「你們沒行李，我請你們住飯店吧，有些話我想跟你說。」

路燈在車窗上拉出一條條明黃的光帶，像刀片劃過蛋糕，油彩切開夜晚。

她說：「你這個人就是棵荒草，別人稍微愛你一下，就恨不得把心都掏出來。但你是棵荒草啊，能掏出什麼來，最多最多，把自己點著了，讓人家暖一下手。」

我淚流滿面，胸口悶得喘不過氣。

後座探過一個小腦袋，賊頭賊腦地問：「那個，陳岩姐姐，加了場昆明是什麼意思？」

2

飯店貴賓休息室，陳岩換了便衣，坐在我對面，指關節敲敲桌沿，服務生熟練地開酒。四周是香檳色玻璃幕牆，燈光和音樂都影影綽綽，原來有錢人喝酒這麼安靜。

陳岩說：「是不是覺得，我們沒那麼熟了？」

她看上去精緻又隨意，配著深紅沙發，古銅桌面，微微一動，倒影搖曳萬千，與我如此遙遠。

陳岩說：「有個小小的要求，算幫我的。」

我說：「不了。」

陳岩仰頭乾掉一杯葡萄酒，說：「其實是你自己還沒完成。」她從口袋裡拿出一張泛黃的信紙，輕輕放在桌面上，「把它寫完，當個紀念。」

我呆呆地望著那張紙。「這你還留著？」

陳岩說：「我很喜歡啊，一直等你寫完。」

我說：「不了，沒什麼意義。」

陳岩站起身，伸了個懶腰。「宋一鯉，你這輩子，真的一件事都幹不成。」

她也知道這句話，小聚究竟跟她說了多少。

她轉身離去，留下那張信紙。紙上是我大學時寫的半首歌，幾行字，再未繼續，我的生活那麼沉重，沒有資格跟著他們去追求夢想。

陳岩的助手開了個標準房，兩張床，小聚一張，我一張。我剛走進房間，裝睡的小聚打了個哈欠，如夢初醒。「叔叔，你聽說了沒有，陳岩姐姐加了一場昆明的。」

我直接用被子蒙住自己，試圖阻擋她的發言。小聚爬下床，趴到我耳邊說：「叔叔，陳岩姐姐說，如果我去的話，不用票，最好的位置……」

我說：「你不去。」

小聚「喔」了一聲，爬回了自己床上，沒安靜兩分鐘，又開口問：「叔叔，明天回南京，挺遺憾的。」

我不想說話，緊緊閉著眼睛。

小聚的聲音帶了點抽泣：「叔叔，你以後會來看我吧？」

「盡量。」我心想，不算撒謊吧，哪天小聚記起這句話，一查我已經死了，那也不算違背承諾。

小聚不滿意這個回答，換了個問題：「那能天天給我打電話嗎？」

我心中有點痛，翻身坐起，房間沒開燈，能看到小聚小小的身子端坐床上，甚至能察覺她充滿期盼的眼神。

我很睏，很累，沉默一會兒，說：「小聚，叔叔將來很長一段時間都不會有消息，不是因為不想看你，而是有自己的原因，等你長大了，就會明白了。」

黑暗中的小孩子點頭。「我理解。」

我們坐在各自的床上，相對無言，小孩再次打破沉默：「但我沒有機會長大了，所以我雖然理解，但是不同意。」

她語調鏗鏘：「要麼你送我去昆明，要麼天天給我打電話。」

我蓋上被子，不想管她。「你想得美，咱倆什麼關係？你還真是我女兒了？頂了天純屬兩個病友，我沒義務幫你。你記住，回了南京，我們就當不認識。」

3

清晨我盯著小聚刷牙洗臉，她繃著小臉，一言不發。收拾完下樓退房，我帶著她走向麵包車，覺得跟小孩鬥氣沒必要，主動去幫她拎書包，她退後幾步，瞪著我。「叔叔是騙子。」

我努力讓語氣溫和一些：「叔叔送你去長途客運站，你一個人坐車沒問題吧？」

小聚哽咽著說：「你答應送我看演唱會的，武漢沒看成，那就要看昆明的。」

我失去耐心，將她連人帶書包揪了起來，往麵包車內一丟。她真輕得可憐，抓在手裡跟小貓沒什麼區別。小聚死死拽住門把，放聲大哭：「你說話不算數！」

我說：「我不是帶你來了，沒看成又不是我的錯，講點道理，行不行？」

小聚尖聲叫道：「我都快死了，為什麼還要講道理……」

我敷衍著把她往裡推。「你還小，不會死的，醫生肯定能治好你，病好了想看幾場看幾場，沒人攔你……」

小聚的臉漲得通紅，眼中滿是絕望和憤怒，大喊：「我的病還能治嗎？所有人都知道我快死了！醫生騙我，媽媽騙我，你也騙我！」

我控制不住情緒，衝她大吼：「你以為別人想騙你嗎？還不是為你好！」

這句話徹底引爆了小孩子，她哭到撕心裂肺。「都說為我好，可是沒一個想過我要什麼！生病不怪別人，我自己倒楣，可我總共就一個願望，就一個！我再倒楣，不能一個願望都不成吧？」

說到後面，她抽噎得上氣不接下氣。「醫生說我多活一天都是賺的，我拚命活了，你們別讓我在醫院裡賺啊……」

我無力地說：「下次，小聚，咱們下次。」

小聚說：「下次是什麼時候，一萬年以後？」

我怔怔地望著她，其實我也想過，結婚，工作，有一個可愛的女兒，就是小聚這樣的，大眼睛，齊瀏海，笑起來甜成一顆草莓。

我一無所有。

小聚緩緩平靜，她的小手輕輕勾住我的手指，抬頭忽閃著淚眼。「叔叔你怎麼渾身都在抖，我不惹你生氣了，叔叔，我回去。」

她乖乖地坐進麵包車裡，還衝我招手。「叔叔，走吧。」

到了武漢長途客運站，我領著小聚去售票窗口排隊。我把小聚抱起來，說：「給你媽媽打個電話好不好，讓她去車站接你。」

小聚默不作聲，拿出手機，還沒撥號，來電響了。

「喂，是小聚嗎？」對面聲音帶著欣喜。

小聚悶悶地問：「你是誰？」

「我是城南派出所的警察，你媽媽早上來報案，說你被拐走了。」

小聚看看我，撇了撇嘴說：「警察叔叔，你們放心，我很安全。」

警察並不相信。「你現在在哪裡？有大人在旁邊嗎？」

我痛苦地嘆口氣，麻煩終於來了，本想接過電話自己解釋，卻聽到小聚急切地維護：「叔叔是好人，我求他送我的，我這算離家出走，不是拐賣。」

電話那頭傳來焦急的女聲：「小聚，你在哪裡？」

小聚聽到母親的聲音，眼眶立刻紅了，鼻子一聳一聳。「媽媽你別急，我去看演唱會，馬上就回來，我現在在車站買票，到了南京告訴你，媽媽對不起。」

4

我覺得自己似乎捲進了一個奇怪的事件。這幾年漫長的煎熬中，我從掙扎到絕望，按部就班地執行計畫：賣飯館，送母親到療養院，見林藝最後一面。原本想在無人知曉的情況下，悄悄結束自己的生命。

可如今莫名其妙地身在武漢，又是打架，又是被當作人口販子，我已經不知道自己該幹什麼，要往哪裡去。

我心想，要不送走小聚，回到江畔公館，躺浴缸裡割腕，用生命把這家飯店變成凶宅，警告旅客不要入住，也算臨走前積了點功德。

胡思亂想間，買完了車票。小聚扯扯我衣角，說：「叔叔，你在想什麼，半天眼睛都沒有動過。」

我說：「走，帶你去坐車。」

小聚說：「叔叔，你回南京嗎？」

我說：「對叔叔來說，哪裡都一樣。」

在候車大廳待了一刻鐘，告示牌顯示買的車次即將出發。我領著小聚，隨著人流到了廣場，找到發往南京的大巴。

拉著小聚的小手，我的心越來越疼，忍不住蹲下身。「餓了嗎？叔叔給你買點東西，你帶在車上吃。」

小聚猛地拽住我衣角，兩眼亮晶晶，說：「叔叔，我肯定會死的，你帶著我那份，幫我好好活下去，用力活下去。」

我說：「別亂講，你沒事。」

突然有陽光照在小聚臉上，額頭閃起淡淡的金黃，原來雨已經停了一陣子。小女孩的眼睛黑亮清澈，剛剛被淚水洗過，邊緣泛著純淨的藍。

她問：「叔叔，我們還會再見嗎？」

我沒法對著這雙眼睛說謊，只能擠出一點微笑。「小聚，回去以後，聽媽媽的話，不管多久，開開心心活著。」

小聚心中得到了答案，可她終究只是個七歲的孩子，不知道自己還能做些什麼。大巴鳴笛，催促旅客上車。

她一點一點鬆開手，低頭說：「叔叔，再見。」一滴眼淚砸在地面，她哭了。我們認識的時間很短，我其實不太明白，這個小女孩對我哪裡來的依戀，似乎真的把我當成了親人。

可我的心，確實在痛。我就算今天死去，上天也給了我機會長大成人。我沒有活下去的必要，找不到任何理由，我甚至背負著不可饒恕的罪孽。可她呢，小聚是熱愛這個世界的。

我想說，多希望我今天死了，那些無用的壽命，我願意送給小聚。但我沒有說，一個七歲的小孩，無法理解，所以不必敘述。

把小聚送到座位，司機喊著送人的可以下車了。我走近司機，遞給他一百塊錢。「師傅，第七排那個小孩身體不好，路上多留神，照顧照顧。」

司機收下錢，頭也不回。「行了，下車吧。」

我猶豫了下，把口袋裡的錢全部塞進司機口袋，轉身下車。司機驚奇地望著我，透過車門，我衝他喊：「師傅，她還沒吃早飯，休息站麻煩你買點吃的給她，還有，到了南京要是沒人接，你送她去城南醫院……」

門「哧」的一響，關攏。

我退後幾步，第七排的車窗貼著一張小臉，我似乎能聽到吧嗒吧嗒掉眼淚的聲音。

再見了，破小孩。

5

「跟我想的不一樣啊，雖然你嘴巴臭，基本上還能算個老實人，但不至於這麼有愛心。」

餐桌對面的陳岩喝著粥，我沒胃口，叫了一瓶啤酒，也不回應她的揶揄。身旁一個清脆堅定的童聲說：「叔叔就是個好人，帥氣，大方，是天底下最了不起的英雄。」

陳岩哼了哼。「天底下最了不起的英雄，大清早喝啤酒。」她擦了擦嘴，問我：「你什麼計畫？」

我說：「帶她去昆明，看你的演唱會。」

陳岩說：「青青，我助理。」

給她倒水的女生動作停頓一下，衝我點點頭。「你好宋先生。」

陳岩說：「這樣吧，我把青青留給你，你這一路帶著小孩不方便，讓青青幫你吧。」她點了點青青的胳膊，「一會兒去找老劉交接下工作，開車到昆明挺遠的，盯著這傢伙，別讓他把小孩弄丟了。」

青青說：「好的岩姐。」

我懶得理會。

一小時前，大巴啟動，我驀地想，兩個都是快要死的人，還有什麼顧忌的，我為什麼不能滿足她的願望，最多被當成人口販子槍斃。我，宋一鯉，今天死和一個月以後死，有區別嗎？

有，小聚可以看到演唱會。

我追趕大巴，拍打車門，司機急刹車，我一把抱住衝下來的小聚。

陳岩拿勺子小口地喝著豆漿。「如果你有話對林藝說，你會說什麼？」

無話可說。陳岩捲起白襯衫的袖子，手腕上翻，露出兩條疤痕，三、四釐米粉紅色的凸起。「瞧，我幹過傻事。那段時間覺得自己活在黑暗中，呼吸困難，睡不著覺，每天頭疼，恨不得拿刀割開腦門，看看是什麼在裡面折磨我。」

我放下酒杯，睜大眼睛，心臟跳得厲害。

陳岩放下袖子。「大家不理解，我有錢，生活富裕，有什麼過不去的。可當時我就是找不到活著的意義啊，整夜整夜地哭。」

她輕輕地笑了笑。「我爸去世，我看著我媽扶著棺材，她一滴眼淚也沒有掉。我媽去世，我扶著她的棺材，一滴眼淚也沒有掉。辦完喪事，我深夜回家，打開冰箱，裡面還有半瓶我媽買的果汁，我拿著果汁，走到爸媽房間，床上整齊地疊著被子，枕頭邊放著一本書。」

陳岩抬手，往耳後捋了捋頭髮，我看見她偷偷擦了顆眼淚。

她說：「我崩潰了，人不是只為自己活著，那以後呢，我只有自己了，我活不下去。」

我的心越跳越厲害，像要蹦出喉嚨。她也有那樣的夜晚嗎？跟我相似的伸手不見五指。

她說：「那些過不去的日子，從天而降，連綿不絕，像一條無窮無盡的隧道。我走完了，宋一鯉，告訴你這些，是因為我猜，讓你最絕望的一定不是林藝。你對她沒有話要說，那麼，對這個世界，有話要說嗎？有的話，就寫下來吧。」

我坐到中午，才發現，陳岩早就離開了。小聚蜷縮成一團，趴在我腿上睡覺。餐桌對面，陳岩的女助理青青，坐得筆直，敲打著筆記型電腦的鍵盤。

6

「你喝酒了，不能開車。」

青青五官清秀，戴一副黑邊框眼鏡，身穿卡其色襯衫、淺藍牛仔褲，頭髮整齊，落到肩膀。這種女生，做事一板一眼，長相如同聲音般平凡，平凡到讓人產生錯覺，彷彿見過，再想想又忘了。

我提起啤酒罐，一飲而盡，把麵包車鑰匙丟給青青。

第一次做麵包車的乘客，我在後座折騰來折騰去，小聚嫌棄得不行，爬到副駕，撇我獨自在後面。

找到個舒服的姿勢癱軟下來，任由身體一點點下滑，再也不想動彈。

椅背隔絕了前後的空間，秋天的枝椏與天空飛速劃過車窗，從暗藍到淺灰，直到徹底模糊。感覺昏昏沉沉，無力感沉澱，如同沿路墨色的重重山巒。

前排傳來對話。

「小聚，你在幹啥？」

「吃藥呀，到時間啦！」

這我知道，昨晚就見到，她的小書包裡有五顏六色的分裝藥盒，藥盒上貼著一排排手寫標籤，註明了服用時間和劑量。

「你吃這麼多藥？生什麼病了？」

小聚語氣平淡地說：「腦癌。」

青青顯然不是擅長聊天的人，我沒看見她驚慌的表情，但依然感受到她的手足無措，因為她直接減速表達震驚。

青青嘗試傳遞關心，擠出來一句：「那你多吃點。」

我心情如此悲愴，結果聽到這句，差點沒笑出聲。翻身坐起，想打打圓場，小聚同情地看了青青一眼，說：「我媽告訴我，一個人要是不知道說什麼，可以不說，比說錯話好。」

青青面紅耳赤，勉強轉移話題：「去昆明的事，告訴你媽了嗎？」

小聚點頭：「跟她講過。」

青青問：「藥夠的吧？」

小聚撓撓頭，計算備用物資。「藍的空腹吃，每天一次，一次三片。紅的飯後吃，三頓，一次兩片。粉色的最貴了，還好每天只要吃一片。」

漂亮的藥盒子互相碰撞著，發出清脆好聽的噹噹聲。

「這個……咦這個……這個白的……這個……」小聚結巴，似乎記不清楚，緊緊攥住藥盒，「總之夠吃，醫生說，吃完這些，我就可以動手術了。」

青青問：「做完手術呢？」

小聚笑嘻嘻回答：「可能會死吧。」

車子再次突然減速，我從後視鏡裡看青青的表情，一張悔得想跳車的臉。

小聚反過來安慰她：「青青姐，我開玩笑的。手術再危險，我也一定能活下去的。」

她握住拳頭為自己打氣，還從書包裡掏出一套小小的白衣服：「我一定能活下去的，因為我長大了，要保護媽媽。青青姐你看，我六歲的時候，拿過空手道幼兒組冠軍喔！」

她認真地抖開兒童款空手道服，衣帶尾端，用金線繡著個「一」字。

青青問：「這麼厲害，誰會欺負你的媽媽呀？」

小聚答：「我爸爸。」

車內陷入沉默，車窗依舊有地方漏風，呼呼呼地震動耳膜。

小聚滿不在乎地繼續說：「爸爸力氣可大了，一腳把媽媽踢飛出去。雖然他現在坐牢了，可是為了以後能打過他，我拚命練習，教練說，沒見過我這麼能吃苦的小孩子。」

小孩子得意揚揚，童年沒有太陽，卻惦記著親手造一道光。

7

我睡了一路，迷迷糊糊中感覺車子開進小鎮。睜開眼，車停在一家客棧門口。青青邊下車，邊跟我說：「你繼續睡，我去辦住宿手續，辦完給你們買點吃的，回來叫你。」

小聚在副駕睡得歪七扭八，我也躺下，一支手機在我臉旁邊嗡嗡嗡地振。稀哩糊塗接通，就聽到女人的哭聲，嚇得我一哆嗦，徹底清醒了。

手機是小聚的。

「小聚，你在哪裡小聚？」

我說：「小聚睡著了，我幫你喊醒她。」

女人一愣：「你是那個姓宋的吧？」說完似乎怕惹惱我，哀求起來，「宋先生，我女兒生著病，離不開媽媽，你把女兒還給我好不好？」

我竭力解釋：「是你女兒不肯走，她要去昆明看演唱會。」

她根本不聽，只管哭著喊：「把女兒還給我好不好，求求你了，把女兒還給我！」那嘶啞的號叫，聽得我揪心地疼。

我可以理解啊，小時候貪玩，放學後去遊戲場忘記時間，天黑了才回家，媽媽打了我一頓。可是後半夜，我被媽媽的抽泣聲吵醒，發現她坐在我床邊，一邊摸著我的臉，一邊哭得滿臉是淚。

我深深吸口氣，把小聚推醒。「你媽的電話。」

小聚揉著眼睛，接過電話。「媽媽？」

我在車外抽了根菸，小聚爬下來，鬼鬼祟祟看著我。「叔叔，我跟媽媽說了你是好人。」

我想了想，說：「小聚，我送你回去吧，你媽媽太傷心了。」

「她允許我去昆明了。」她眨巴著大眼睛。

「她還是會擔心。」

小聚急了。「叔叔，你要反悔？」

我丟下菸頭，盯著她。「沒聽你媽在哭嗎？再不送你回去，她肯定要跟我拚命。」

小聚把頭搖成波浪鼓。「不會的不會的……叔叔，你要送我回去，你就是不守信用！」她搜索著貧瘠的詞語，「言而無信！說話放屁！」

我根本不理會她，又點著一根菸。

她喊：「你老婆說的沒錯，你這一輩子，一件事也做不成……」

我冷冷看她一眼。「再吵，立刻送你走。」

青青拎著吃的回來，我指指憂傷的小女孩。「你帶她進去吧，我去散散心。」

8

深夜的小鎮，亮燈的地方不多，路邊依然有醉漢和燒烤攤。找到一家小雜貨店，買幾罐啤酒，站在路燈下，剛打開一罐，手機的視訊電話響了。

螢幕上出現小聚的小臉，眼珠滴溜溜轉：「叔叔你去哪裡了，你不會丟下我不管，一個人跑掉了吧？」

我煩躁地喝了口酒。「趕緊睡覺。」剛想掛掉視訊，眼前猛地一黑，剩個空手舉在那兒，手機不見了。

夜色中閃亮的小方塊上下起伏，越閃越遠，我這才反應過來，手機居然被人搶了。

我丟開啤酒，邁腿追去，大叫：「他媽的你給我站住！抓小偷啊！」

小偷鑽街穿巷，追他四、五百米，嘴裡唾沫帶上血腥味了，準備放棄。小偷站定，對著我比了個中指，往旁邊一拐。

我原本撐著膝蓋喘氣，腦子一熱，跟著衝過去，一拐彎發現他就站在那兒，不假思索，飛身把他撲倒。

小偷手裡的手機飛出去，滑進陰影。我舉起拳頭。「有種再跑啊，搶老子手機，揍死你！」

小偷嗷嗷叫：「大哥饒命！」

我說：「還饒命，我告訴你，他媽的不可饒恕！」

小偷嘿嘿一笑，我覺察出不對，舉著的拳頭被人抓住，扭頭一看，幾個壯實的男子一字排開。

我這才發現，一側是拉著嚴實擋板的工地，一側是低矮的平房，盡頭被土方封住，是條死路，一盞刺眼的大功率路燈將那幾個男子照得雪亮，他們和小偷無疑是一夥的。

昨天剛挨打，今天又要再來一遍嗎？我不怕死，但還沒喝醉，我怕疼啊。

我想了想，說：「大哥饒命。」

小偷一把推開我，站起身，說：「還饒命，我告訴你，他媽的不可饒恕。」

我盤腿坐地，雙手抱胸。「打，來打，給我留條全屍。」

既不憤怒，也不悲傷，我麻木了。前幾日小聚不出現，我大概已經死得安詳平和，不用再挨這頓胖揍。這是我昏迷前最後一個念頭。

有人一腳踢中我的頭，我失去了意識。

9

媽媽在療養院還好嗎？

媽媽為我做過絲瓜烙餅、糖醋帶魚、韭黃肉絲……香氣在記憶中縈繞不絕。我學不會，照樣做給林藝，她吃一筷子就皺起眉頭，說，再練練。我們一起待在廚房，嗞啦嗞啦的油鍋聲中，她坐在牆角的板凳上，頭靠著門板睡著了。

我比普通更差，人生給我最大的苦難就是無能。我羡慕那些只用學習和玩耍的孩子，做每件事無論能不能拿到滿分，至少擁有自信。而我的胸腔中不停蔓延仇恨，我不想恨任何一個人，但遏制不住它的生長。

我恨父親。他悄無聲息拋棄了我和媽媽，面對遺像，我甚至無法把照片上的樣子和腦海中的形象重合。

我恨母親。我恨她如此辛苦，二十年來從未為自己考慮，起早貪黑如同沒有痛覺的動物，渾身傷口，走一步腳下就攤開血泊。

我恨那些模糊的人影，清晰的冷漠，不可抗拒的決定，斬釘截鐵的命運。

這一年多，我經常作一個噩夢，聽見人們的驚呼，我遲疑地走到路邊，踮起腳，透過路人的後腦和肩膀，看見母親趴在路面，身底血液爬出來。

我恨自己。我希望自己沒有出生。我希望母親並不愛我。我希望從三樓墜落的軀體是我。

10

不知過了多久，我醒了，那盞路燈刺得眼睛疼，嘴角全是血腥味。我艱難挪動，上半身靠牆貼著，手心一陣尖銳的疼痛——按到了玻璃渣，滿地都是砸碎的酒瓶。

沒死成，真遺憾，小偷畢竟只是小偷，打不出什麼花樣。我笑笑，腰部應該被踢狠了，一呼吸折斷般地痛。

懶得管自己究竟傷成啥樣，伸手摸摸口袋，菸居然還在。哆嗦著點著一根，辛辣的煙霧貫穿喉嚨，對夜空吐出去，嘀咕一句：「沒意思。」又有急促的腳步聲傳來，我丟下香菸，這幫人還殺回馬槍，來吧來吧，一塊毀滅，用我餘生，換你無期徒刑。

長長的影子，隨著嗒嗒嗒的腳步一跳一跳，我抬頭一看，影子的主人又矮又小，裝模作樣穿了件空手道服，奔跑到我身邊。

小女孩拉開架勢，扎個馬步，一跺腳，帶著哭腔喊了聲：「嘿哈！」扭頭哽咽地問我：「叔叔，壞人呢？」

我無力地癱軟。「小聚，你怎麼來了？」

小女孩忍著眼淚，警惕地環顧四周，左右手互相交替，喘著粗氣，說：「我……我從視訊看到的，看到一個招牌，寫著波哥燒烤，就跟著導航過來了……叔叔，壞人呢？」

之前和她視訊，還沒掛斷，手機被小偷掠走，甩到角落，估計對著這家燒烤店的招牌。小女孩竟然一路奔跑過來，她以為打遊戲啊，還遊走支援。

我用手撐牆，站起身，拿袖子擦擦臉上的血。「你怎麼不懂事，跑過來能幹什麼，實在不行，去找青青姐報警啊。」

小聚瞪大眼睛。「來不及了，我練過空手道，我能保護你！」她攥緊小拳頭，衝整條街喊：「出來！我不怕你們！」

我拉住她。「回去吧，壞人跑了。」

小聚身體僵硬。「真的跑了？」

我拉拉她。「跑了，走吧。」

我沒拉動她，小女孩雙腳扎根似的站在原地，拳頭微微發抖，我問：「怎麼了？」

小聚仰起腦袋，大眼睛滿是淚霧。「真的跑了嗎？不會回來了嗎？」見我點頭，她一下軟倒在地，號啕大哭，「嚇死我了啊嗚嗚嗚……我腳都抽筋了啊嗚嗚嗚嗚……叔叔我跟你說，我剛剛害怕極了嗚嗚嗚嗚……沒法更害怕了嗚嗚嗚嗚……」

我牽著小聚往客棧走，她的小手冰涼潮濕。

「既然害怕，你幹嘛還來？」

「沒辦法啊，我們兄弟一場，不能看著你挨打……」

「咱們啥時候變兄弟了。」

「我就隨口說說，你要是不樂意，我還是喊你叔叔。」

「別哭了，兄弟。」

「你手機摔壞了嗎？我的給你好了。」

「我要你的手機幹什麼？」

「你別再趕我走就行，我手機給你，你別嫌它舊，我自己都沒換過……」

我今天見了太多眼淚，也止不住自己的眼淚。我希望小聚父母開朗健康，希望這個家庭富裕又開明，希望小女孩從未生病，一直快樂長大。

「我手機沒壞，不用你的。」

「那叔叔，你會趕我走嗎？」

「我考慮考慮。」

恍惚間，我似乎回到二十年前，母親牽著我的手，走過燕子巷，桂花清香，月色塗亮屋簷，石磚上有一大一小兩個影子。

我離那天的月亮，一萬光年。

第六章

With you
Without you

強者的不解釋，是無須認同。
弱者的不解釋，是無力反駁。

Always Have
Always Will

1

客棧生意冷清，三間客房一間客廳，基本由我們承包了。前夜被揍得不輕，青青堅持多續一天房，讓我好好休養。

我是被腹中強烈的灼燒感驚醒的，醒來窗外暗淡，分不出是凌晨還是黃昏。全身上下，無處不痛，看眼時間，我足足睡了二十個小時，怪不得餓得胃痛眩暈。

推開門，客廳木頭桌與沙發相連，小聚盤腿坐在那裡，正舉著手機說話。

「這是我第七次直播，想不到依然只有兩個粉絲。等我長大了，我要吃香的喝辣的，給媽媽買個大房子，她再也不用每天早上四、五點就起床，一直忙到晚上。媽媽賺不到幾個錢，她老說自己不中用，沒事，將來我會很有用，給她買新衣服。我要帶奶奶去醫院，她眼睛不好，爺爺死掉的時候，她天天哭，眼睛就是那樣哭壞的。」

小女孩居然在直播，我輕手輕腳，挑揀茶几上的吃食，青青還買了醫藥用品，我也拿了些。

小聚托著腮幫子，她的直播就是絮絮叨叨地聊天。

「等我長大了，把大家搬到一起住，奶奶在，爸爸回來了，脾氣特別好，會照顧媽媽。春節全家蒸包子，放各種各樣的餡兒……」

我的動作停下來，望向認真直播的小眾，猛地意識到，小女孩是在給自己最後的生命做記錄。沒什麼觀眾，也沒什麼波瀾，她儲存著短短的人生。

我怕她發現，躲在櫃子後，聽她稚氣地述說。

她在講幼兒園同桌的小胖子，兩人約定上小學也要坐一起。小胖子發誓，長大後當她男朋友，保護她。

小眾問，什麼時候算長大，小胖子吭哧吭哧想半天，說小學畢業。

小眾說，不行，長大了還要幫媽媽賣菜。

她在講奶奶住農村，知道她生病，一個人從很遠的地方趕過來，用又細又硬的手摸她頭髮，交給媽媽一個布袋。奶奶把鄉下房子賣了，錢都在布袋裡，給小眾治病。奶奶說對不起媽媽，說自己太老了不中用，媽媽嫁錯人了。奶奶說著說著就哭了，拉著媽媽的手哭。奶奶那次走了之後，小眾再也沒有見過她。

她嘟囔著，聲音越來越小，趴在桌上睡著了。

我扯過一條被子，蓋住她小小的身軀。她閉著眼睛，眼皮微微顫動，應該正在作夢，說起了夢話：「真好吃……」

我把被子掖好，小女孩淚珠滑下，順著光潔的臉龐滾落。

她還在作夢，夢裡哭了，接著我聽到她輕聲地說：「我不想死。」

我的胸口像被一錘擊中，疼得無以復加。小女孩平時上躥下跳，滿不在乎，各種道理一套一套，可七歲小孩的心靈，根本無法承載如此苦楚的命題。

「我不想死。

「救救我好不好，我不想死，我想活下去，救救我好不好。

「救救我。」

小聚在夢中不停哭，小聲哀求。我不知道她向誰乞求，也許是醫生，也許是小孩子幻想的神靈，但沒有人能回答她：「好的。」

不能的，月亮在遠方墜落，浪潮在堤岸破碎，統統不能倒回原點。

2

麵包車再次出發，青青的駕駛技術嫻熟，除了容易受驚，開得倒是穩當。她給人的印象端正嚴肅，話少刻板，從頭到腳一副職業女性的氣質，但我察覺青青有點愛硬撐，遇事強裝鎮定，這倒跟我差不多。

照顧小聚是陳岩交代的任務，所以她盡職完成，沿途還和小聚聊天。

小聚睡飽了，手舞足蹈地說：「青青姐你知道嗎？叔叔被打得可慘了，好幾個人打他，劈哩啪啦，稀哩嘩啦，叔叔腸子都快出來了。」

這小破孩怎麼學會幸災樂禍、添油加醋了。

青青字斟句酌地附和：「那真的慘，腸子出來，他離沒命也不遠了。」

小聚激動地拍手道：「是快出來，但又沒完全出來，情況危急，我趕到了，嘿哈，三拳兩腳，擊敗了壞人。」

青青點頭：「多虧有你，多看著點叔叔，注意觀察，萬一他吐血什麼的，咱們就送他去醫院。」

我坐起身。「有完沒完，少說兩句行不。」

一大一小兩個女生相視一眼，齊齊閉嘴。我並不願打斷她們快樂的情緒，然而心中的煩躁彷彿密集的飛蟻，經營飯館這幾年，整夜整夜無法入睡，習慣同別人拉開距離，獨自一人在沼澤掙扎。偶爾情緒爆發，甚至慶幸母親神志不清，我縮進牆角痛哭，或者用頭砸牆，都不用擔心母親發現。

我放棄看醫生，把抗憂鬱的藥扔進垃圾桶。無所謂了，命好命壞，盡頭不都一樣。

我厭惡一切，包括別人的好意善意，天氣的陰晴冷暖。抗拒那些憐憫、惡毒、辱罵、鼓勵和所有無關緊要的接觸，對的，我就是可憐蟲。

小聚畏懼地瞥了我一眼，隨即坐得筆直，假裝看風景。我深呼吸，指著路側的公園，說：「停那兒吧，我想下車走走。」

公園挺大，廣場中間有雕塑，小朋友圍繞噴泉歡呼雀躍，飛鳥劃過，人多的地方，秋天的顏色燦爛又喧鬧。

我避開人群，走到樹林，聽見「錚」的一聲，不遠處一棵樹下，有個歌手撥動吉他。他戴著白色假髮，臉上油彩鮮豔，裝扮成小丑，花花綠綠的衣服極不合身，三三兩兩的行人故意繞過他，沒有一名聽眾。

哦，有一名聽眾，小丑坐在草地上，身旁擱著一個面容猙獰的木偶。

小丑彈得亂七八糟，唱得沙啞低沉，好幾個音都破掉。可是第一句唱出口，我就像被扔進狂風暴雨和不計其數的閃電中，血液在皮膚下燒得滾燙，筆直穿越心臟，如同身體裡無數呼嘯的標槍，衝到眼眶，衝出眼角，轉瞬冰涼，從臉龐掛到脖子，從脖子滑入空氣。

某個深夜，我疲憊地回家，林藝喝醉了，睡在地板上，手邊躺著酒瓶，她的手機正在放這首歌。

我在醫院守了母親三天三夜，醫生說脫離了生命危險，我想回家取一點衣物，卻看到醉倒的林藝，一個貧窮美麗而絕望的妻子。她低聲說：「宋一鯉，我撐不下去了，我要離開你了。」

我覺得有點累
我想我缺少安慰
我的生活如此之味

生命像花一樣枯萎
……
幾次真的想讓自己醉
讓自己遠離那許多恩怨是非
讓隱藏已久的渴望隨風飛
哦忘了我是誰

她是那個和我用一個餐盤的女生，深夜共同自習的戀人，婚禮互相擁抱的妻子，曾對未來滿懷憧憬，下定決心改變生活的伴侶。她沒有想到，我背上的命運沉重如山脈，竭盡全力撬不開哪怕一絲絲縫隙。

那天之後，林藝說，不能困死在飯館，得出去找份工作。她十幾天沒回家，我無比焦躁，手頭有點錢，將麵包車拖進修理廠，好好清洗，打了一遍蠟，讓它看起來稍微有點體面，買了束花，去她工作的地方，打算接她下班。

大樓下挨到黃昏，望見林藝和同事走出來，我整理整理頭髮，按響喇叭，探出身子，衝她呼喊：「宋太太！宋太太這裡！」

林藝似乎沒聽到，跟兩位同事直直往前。我推開車門，招手喊：「宋太太，下班了嗎？我是宋先生啊。」

這些生硬的調侃，我拚盡力氣才展現，從我貧瘠的生命中擠壓出來。

三人停住腳步，林藝臉上帶著微笑，看不出情緒。同事挑眉毛，擠眼睛，紅潤的嘴唇嘟起，發出驚訝的「呦」，聲音拖長，尾調上揚。

黃衣服同事推了推她。「宋太太，宋先生來接你了，太甜蜜了吧。」

粉紅套裝同事笑著說：「不像我們只能自己開車，羨慕你們。」

黃衣服挽起粉紅套裝的手，說：「還是輛商務車，夠大氣，哈哈哈，宋太太，明天見。」

我跳下車，拉開副駕的門，林藝繞過麵包車，往地鐵站走去。我忙拉住她，問：「你去哪兒？」

林藝說：「放手，明天我找你。」

我假裝沒聽清楚，舉起花束。「小藝，喜歡嗎？」

林藝說：「我們離婚吧。」

她平靜地看著我，隔著花束，我看不到她的表情。

我說：「媽媽今天清醒了一會兒，想喝粥，我回去幫她熬，你呢，你想吃什麼，我來做，這幾天我有進步的。」

沒有回應，放下花束，我再也無法隱瞞自己，帶著哭腔說：「小藝，我們可以的，真的，可以的……」

我看清楚了林藝的眉眼，疏朗清秀的五官疏離而陌生。

她低下頭，匆匆捋了下耳邊的碎髮，沉默地往前走。我跟在她身後，地鐵口風很大，下班的人群匆匆擁入，我驚恐地拉住她，因為我知道，這次鬆手，就永遠失去她了。

但我更知道，這是必然到來的結果。

林藝說：「明天我去飯館拿行李。」

我說：「好。」

林藝說：「我從來沒有堅定地選擇你，但我嘗試過堅定了，非常努力地嘗試過了。」她的淚水一顆顆滾落，面容蒼白，風吹起頭髮，她哭了，「宋一鯉，我撐不下去了，真的，我撐不下去了……」

她走到地鐵口，停頓一下，回頭，衝我微笑道：「宋一鯉，你要好好的。」

這句話飄散於風中，我茫然望著眼前川流不息的影子，心徹底空了，那個纖弱的背影淹沒在人海。

耳邊響著那首歌，空中飄浮斑斕的肥皂泡，笑聲和風聲游動林間，我站了很久，久到如同公園中心的雕塑，毫無生機，一動不動。

3

公園停車場出口，青青正設置導航，手機響了，她按下擴音：「喂，媽媽？我在工作呢，回頭打給你。」沒等母親回應，她便掛斷，剛切換至導航軟體，手機再響。

青青接通。「媽，我真的在忙……」

「我是你爸，不是讓你換個工作了嗎！」

「爸，哪能說辭就辭，回頭再講，旁邊有人呢。」

「有人？你老闆？正好，請陳岩小姐聽電話。」

「岩姐的客人，爸你別搗亂。」

她爸拉高嗓門喊道：「我巴不得把你工作破壞呢，聽爸一句勸，別搞什麼異地戀，趕緊回南昌。你跟笑文，異地戀幾年了，這麼下去啥時才能結婚。」

青青十分無奈。「爸，我們的事情有我們的規劃，不跟你說了，就這樣。」

青青掛了電話，啟動麵包車，一副公事公辦的模樣，笑著跟我說：「宋先生，寫歌方面，你需要我協助的，儘管吩咐。」

我說：「不寫。」

青青打著方向盤，循循善誘道：「沒靈感？路上風景好的地方特別多，你隨時停，擁抱擁抱大自然，靈感就來了。」

這姑娘沒完沒了，搞得我十分煩躁。「爸媽催婚，異地戀，家庭尚未建立，就面臨破裂。管我這麼多，管好自己吧。」

青青認真回道：「宋先生不用擔心，我和你不一樣，我做事遵從計畫。每步走對，全部就對。」

我冷笑道：「你命好，沒吃過苦，沒經歷絕望。命運都是固定的，計畫來計畫去，有用嗎？命運什麼樣，就是什麼樣，抵抗毫無意義。」

青青掩飾不住對我的反感，「哼」了一聲，又覺得不夠禮貌。「宋先生你太偏激。」

我不在乎她的反感，正如我也不在乎她的禮貌，索性閉目養神。

青青畢竟年輕，開始反擊。「事實證明，我的人生規劃得基本順利。宋先生，有些話不中聽，但說了，可能對你創作有幫助。」

「別說。」

青青不聽話，強行追擊道：「我也算見過很多有才華的男人，有的勤奮堅強，有的好吃懶做，最討厭其中一種，遇到點挫折立刻自暴自棄，自怨自艾，更嚴重的像你這樣，不光消極，還見不得別人好。」

她說得懇切，分不清是否在說真心話，或者純屬羞辱我。

我說：「你根本不瞭解我，也不瞭解我的經歷，不解釋，隨便你說。」

青青說：「來了來了，強者的不解釋，是無須認同。弱者的不解釋，是無力反駁。」

這女孩喝雞湯長大的嗎？我突然生氣了，罵我打我，都不是什麼事，但我真的拚過命，她不能抹煞我這二十年的苦苦掙扎。

我猛地坐起。「去昆明是往南，那先去南昌，順路。」

青青一怔。「為什麼？」

我說：「你不是覺得凡事都可計畫嗎？去南昌，你男朋友在南昌吧？」

青青說：「對。」

我說：「異地戀幾年，還計畫順利，去南昌，讓你看看生活的真相。」

青青從後視鏡望著我，眼神奇奇怪怪，透著憐憫：「宋先生你不用跟我嘴硬，我們之間非常坦誠，沒有所謂的真相。」

這種憐憫讓我更生氣了，無名火起。「我們打賭吧，如果跟你計畫的不一樣，以後別管我，好嗎？我自己送小聚去昆明。」

青青說：「我贏了呢？」

我說：「你贏了，跟你計畫一樣的話，我老老實實寫歌。」

青青笑了，抿抿嘴，說：「我這就改導航。」

4

四個多小時的車程，我幾乎睡了全程，青青和小聚竊竊私語，半夢半醒中一句也聽不清楚。駛入南昌市，我翻身而起提醒她：「你沒提前打電話吧？」

青青搖頭道：「既然打賭了，我不會占你便宜。」

青青熟門熟路，開進一個產業園區，停在辦公大樓前。她熄火推門，說：「我去找他。」

我說：「等下，我打你電話，你接通後別掛。」

青青眉頭一挑，說：「監聽？」

我說：「怕你作弊。」

青青哭笑不得。「至於嗎？」她問了我號碼，撥通後放進口袋，「滿意了？」

我揮揮手，等她下車，小聚爬到後座，湊過小臉，跟我一起擠著死盯手機。信號有雜音，電梯「叮」的一下，無聲十幾秒，電梯又「叮」的一下，然後是青青不緊不慢的腳步聲。

腳步聲停，「閻笑文在嗎？」估計她在問公司前台，傳來年輕清脆的女聲：

「我們公司好像沒有這個人。」

「不會，你查查。」

青青手指輕點口袋的聲音，可能是她的習慣。

「小姐你好，真沒有這個人。」

青青說話的語調帶著詫異：「你是不是新來的？」

「也不算，到這家公司三個多月了。」

「麻煩你問下人事部，閻笑文肯定在這裡工作。」

遠去的腳步聲很輕微，有節奏地敲擊木頭的聲音，噔噔噔噔，她不敲口袋，改敲桌子了。

前台回來了。「您好，人事說確實有個叫閻笑文的員工，不過三個月前離職了。」

我和小聚震驚地對視，我開始後悔，真不應該和她鬥氣，我隱約有點擔憂，似乎不得了的事情即將發生，而我是掀開籠罩真相布幕的人。

聽筒安靜數秒，前台問：「還有什麼能幫您的嗎？」

輕不可聞一句：「謝謝。」

腳步聲比之前重，重重按電梯的聲音，咔咔按。小聚瞪圓眼睛看著我，小小年紀也覺察不妙。「她要下來了！」

我也看她。「很生氣的樣子。」

「怎麼辦？她會不會氣到要打人？」小聚鑽到我胳膊底下，探出個小腦袋。

車門「砰」地被拉開，青青面色煞白，不發一言，啟動麵包車。

5

麵包車靈活穿行，青青一改往日謹慎的駕駛風格，雙手在方向盤上飛速搓動，搓得我的心一緊一緊。

我跟小聚大氣不敢喘，瞟了眼青青側臉，她正咬牙超車，與一輛白色小轎車互不相讓，小轎車狂按喇叭，車主搖下車窗，開口一堆方言髒話。

青青趁機一踩油門，變道衝到前面。十幾分鐘後，車子停在某個社區門口，每棟樓的樓層不高，掩映在繁茂樹木中。

小聚抓著我。「叔叔，我有些害怕，青青姐沒事吧？」
我安撫她：「別怕，出事叔叔就報警。」
小聚說：「青青姐怎麼半天不動？」
我說：「可能腿軟。」
青青回頭說：「你不是擔心我作弊嗎？一起去吧。」
我說：「你說怎麼樣就怎麼樣。」

上了五樓，青青掏出鑰匙，遲疑一下，沒有直接開門，按了門鈴。我對她刮目相看，肅然起敬。這種時刻，能保持體面，送出不必要的尊重，至少我做不到。

門開了，我和小聚不約而同身子一繃，目不斜視。

「你怎麼來了？」閻笑文的語氣微微驚訝，然而舉止隨意，並不侷促。我心想：「又是個狠人。」

他中等身高，穿著淺藍衛衣，肚子微微鼓起，從他白淨面龐上分辨不出情緒。青青背對我們，看不到她的眼神，只聽得語氣也很平常：「正好出差路過。」

閻笑文頭一側，衝我們努努嘴。「他們是？」

青青介紹道：「同事和他小孩，一塊出差。」

閻笑文也不問出差為什麼帶著孩子，自然地敞開門。「那進來吧，先喝點水。」提了雙淺棕色家居拖鞋，往前送送，「換鞋。」

青青若有所思地說：「以前你經常忘記換鞋，我每次都催，現在換成你催我了。」她沒接，「進去方便嗎？」

閻笑文撓撓頭，說：「確實不方便。」

青青冷淡地說：「那就不進去了。」

我和小聚一聽，縮回踏出的腳，唯青青命是從。她的右手放在背後，握緊拳頭，指關節發白，我忍不住嘆口氣，被小聚警告地瞪了一眼。

她不進門，閻笑文更加鬆弛，沉吟著說：「他們可以迴避嗎？我有事跟你聊。」

青青扭頭，卻目光向下，並未望向我們，飛快地說：「你倆就在這裡等我，很快。」

我跟小聚不由自主點頭如搗蒜。

閻笑文想了想，我發現，他思考時的表情跟青青一模一樣，幾年感情，不知道是誰影響了誰。

他說：「你都知道了？」

她說：「只知道你辭職了。」

他說：「這樣的生活不適合我，從工作到愛情，折磨了我很久。」

她說：「你覺得是折磨？」

他說：「確實，當然，我並不是抹煞我們的情感，它依然是寶貴的，值得懷念的。」

她說：「你有新女朋友了？」

他說：「是的。」

她說：「在裡面嗎？」

他點點頭。

小聚下意識抓住我的手，我低頭一看，她小臉緊張，目不轉睛，屋內傳來稀哩嘩啦的水聲。

他說：「洗菜呢，準備做飯，我就不喊她了。」

她說：「她知道我嗎？」

他說：「知道，一開始就知道，所以我很感激她。」

青青陷入沉默，我不明白，怎麼這種時候，她居然落於下風，站得是挺穩，背後的拳頭卻劇烈顫抖，我聽見她深吸一口氣，似乎要把所有不該表露的情緒，全部吸回。

她說：「你應該直接告訴我的，為什麼要拖？」

他說：「其實我早就打算跟你坦白，但你太忙了，找不到機會。」

她說：「這還要找機會？」

他說：「一旦跟你談心，你不是開會就是出差，我特別徬徨。幸好你這次來了，不然我真的快承受不住了。」

她說：「聽你的意思，問題出在我身上。」

他說：「我們都有問題，沒有絕對的對錯，不能全怪你。」

身旁撲通一聲，小聚目瞪口呆，書包掉在地上。我趕緊撿起，抱歉意地對兩人笑笑，示意打擾了。

閻笑文話語間終於帶著一絲絲激動。

他說：「我懂你的感受，可是難道我不痛苦嗎？你只需要考慮工作，我呢？既要考慮你，又要考慮她，誰來考慮我？我整夜整夜睡不著，這樣下去，我是同時傷害三個人。既然傷害一定存在，那就選擇傷害最小。」

她說：「你選擇傷害我一個人？」

他說：「謝謝你的理解，她不一樣，沒有你堅強。」

這句話連我這個要自殺的人聽了都呼吸困難。一方面覺得他很有道理，另一方面覺得在這個道理面前，大腦即將當機。

她說：「行，我的東西呢？沒扔吧？」

他說：「怎麼可能，前一陣子收拾好了，我給你拿過來。」

閻笑文拖來幾個紙箱，折騰了三、四分鐘，我佩服廚房內的女人，竟一聲不吭，特別沉得住氣。閻笑文忙碌的過程中，小聚偷偷問：「他們不會打架喔？」

我抱起她，靠近她耳邊小聲說：「他們交班呢，就像照顧你的護士姐姐交班一樣。」

小聚恍然大悟。「護士姐姐交接的是我，青青姐交接的是那個男的。」我深以為然，青青不像失戀，更像失業。

閻笑文做事還比較細緻，箱子未封，看得出分門別類，一箱衣物，一箱生活用品，一箱瑣碎雜物，他指著第三箱說：「你送我的禮物，不會落下什麼的，還給你。」

青青彎腰，隨手撥弄，圍巾檯燈錢包，剃鬍刀的包裝盒都留著。

青青說：「你收拾得挺好，辛苦了。」

他說：「沒事，不是我收的。」

青青上前一步，環顧屋內，我已經搞不懂她的語氣是坦然接受的平淡，還是火山爆發前的沉寂，她說：「房子怎麼辦？」

他說：「你要的話，歸你。我出的一半頭期款當作賠償，貸款以後你自己還，可以嗎？」

青青搖頭：「我不要。」

他說：「那你不用賠償我，貸款以後我自己還。」

青青沉默了，他的邏輯無懈可擊，可是處處讓人憤懣。

她說：「這間房我倆一塊裝修的，每件東西都是一塊選的，顏色都是一塊挑的，想不到轉眼就跟我沒關係了。」

他說：「及時止損，對大家都好。」

相戀幾年，分手幾分鐘，青青再也找不到話，他對一切考慮周到，真的也瞭解她，細緻縝密，青青啞口無言。

青青緩緩說：「沒事了。」她緩緩轉身，對著我，帶上乞求的語調，「宋先生，麻煩你幫我搬下箱子吧。」

我明白，她的力氣用光了。

青青離開的時候，身後傳來閻笑文溫和的鼓勵：「青青，你要好好的，你一定會更好，比我還好。」

第七章

輕輕的一個吻

一無所有的時候，
說明你該擁有的，還沒到來。

Always Have
Always Will

青青站在路邊，面容一絲變化都沒有，如同雕塑，過了半晌說：「不好意思久等了，我們出發。」

我主動往駕駛座走，被她攔住。「開車是我的工作，宋先生，我們先找個洗衣店，然後吃飯，吃完正好取衣服。你沒帶行李，找一家超市，買點必需品吧。對了，寫歌的話，你需要樂器嗎？」

不等我回答，她做出決定：「你慢慢想，小聚你臉色不好，有哪裡不舒服？」

小女孩陡然被問到，打了一個哆嗦，結結巴巴回答：「沒……沒……沒……沒有。」

「不能放鬆警惕，我把沿途最近的醫院列出來以防萬一。宋先生你平時喝茶還是喝咖啡？噢對，你只喝酒，還有什麼要注意的，我想想……」

太不正常了，比起沉默悲傷，這種若無其事更加恐怖，她想用大量的瑣碎去填滿腦子，不允許任何腦細胞去回憶。

我打斷她：「難受避免不了，大家都是陌生人，萍水相逢，你不用掩飾，大大方方發洩出來，不丟臉。」

青青詫異道：「我為什麼難受？你怕我因為分手影響工作？不存在的，我很平靜，不需要發洩。」

但我看到她轉動車鑰匙的手在發抖，打了幾次車都沒打著。

我把小聚抱到後座，自己坐進副駕，拍拍青青的肩膀。「醒醒。」

青青觸電一樣避開我的手，立刻覺得不禮貌，說：「對不起對不起，我不是故意的。」她低頭，繼續轉動車鑰匙。

我說：「停下。」

青青配合地停下動作。「你看，我真的不會把情緒帶進工作中。」

「心裡痛嗎？」

「不痛。」

「剛剛你其實忘記做一件事了。」

「什麼，我記得自己該做的都做了。」

我嘆口氣，揉揉臉，模仿著閻笑文那股子發自肺腑的語氣：「這一箱是你送我的禮物，現在還給你，我不欠你了。」

青青一震，死死盯著我。

我略微害怕，堅持著說下去：「你不好受，難道我就不痛苦了嗎？與其傷害三個人，不如把傷害降低到最小。」

青青抿著嘴，目光開始出現殺氣。

我咬咬牙，湊近她：「這叫及時止損，對大家都好，青青，加油，你堅強又能幹，一定可以……」沒等我講完，「啪」，一個耳光結結實實抽在我臉上，疼得我「嗷」地叫出聲，捂著臉「嘶嘶嘶」倒吸涼氣。

青青反應過來，手忙腳亂，拿紙巾給我，想起紙巾沒什麼意義，又縮回去。「對不起對不起，宋先生對不起……」

我一隻手捂著臉，說：「打得好，剛剛你忘記的，就是這件事，現在是不是舒服多了？」

青青不敢置信地望著我。「你只是想讓我解解氣？」

我說：「但我沒想到你下手這麼狠……腦瓜子嗡嗡的。」

青青愣了幾秒鐘，似乎找不到正確的情緒來應對，接著笑得前仰後合，年輕女孩不顧形象，一改平素的端莊幹練，清秀的眉毛飛舞著。「你這人太奇怪了，本來我有點內疚，想想你之前還跟我鬥嘴，頓時覺得你活該，哈哈哈哈……」

2

在南昌市區買了點衣服，吃過晚飯，車子開到郊區的湖邊，秋天的蘆葦隨風擺動，蕩漾出風的形狀，水面萬點月光，閃爍著淡藍色，像是星星被吹散了，飄落湖中。

小聚趴在車裡不知道在做啥，我和青青坐在湖邊，她遞給我啤酒，說：「今天不開車了，喝一點。」

我說：「都喝酒，車子怎麼辦？」

「一會兒你叫個代駕，我想回家。」她痛痛快快喝了一口，「這裡是我跟他第一次相親的地方。」

墨藍雲層，半圓明月，風溫柔地拂過，我很久沒有這麼平靜過了。

她直接坐在草地上，一口接著一口。我說：「要不你哭一場吧，何必憋著。」

青青搖頭，示意我乾杯。天穹遼闊，我也放棄安慰她，望著湖面出神，像綠寶石和月光共同釀的夢，從不訴說，永遠寂寥。

手機鈴聲響起，青青接通，唯有風聲的夜裡，她手機內的話語清晰傳來，是她的爸爸：「青青，爸想問你件事……」

青青直接打斷，心平氣和地說：「爸，我跟閻笑文分手了。」

對面沉默，我以為她爸爸會吃驚，結果他只是溫和地說：「早該分了，我跟你媽本來就不喜歡他，好事！」

青青說：「爸，我想吃你灌的香腸。」

她爸爸說：「明天就去菜市場買肉，今年春節回家過年嗎？」

青青說：「這才幾月份，就想著春節啦？」

她媽媽搶過手機：「青青啊，分手是那個王八蛋的損失，咱不難過，他配不上你……」手機又被她爸爸搶走：「女兒都沒哭，你哭什麼，好好說話！青青，你在哪裡呢？」

青青說：「我在南昌，一會兒回家。」

她爸爸媽媽一陣慌亂：「那吃了沒，快快，老頭子你快去超市買點菜，快去啊，別賴著，閨女要回來了……」

月光濕漉漉地灑滿青青面頰，流淌進她彎曲的嘴角，青青掛了電話，頭靠在我肩膀上，說：「能借你的肩膀五分鐘嗎？」

我坐得筆直。「借，反正不值錢。」

青青閉上眼睛，淚水滾落。「我太難過了，真的太難過了，這五年我多辛苦，每次加班我都跟自己說，青青，加油，貸款還清就結婚，結了婚別這麼拚，和笑文一起生活，陽台擺滿花，生個孩子，踏踏實實過日子，也不用大富大貴，每年旅行一次，幸幸福福……」

女孩抽泣的動靜一開始並不大，她依然克制，逐漸無法克制，變成放聲大哭。

「我太難過了，難過得想死，說沒就沒了，為什麼要這樣對我……下午其實我腦子一片空白，以前拚命是為了結婚，以後呢？我該怎麼辦，辛苦的時候，我怎麼撐得下去……」

我輕聲說：「你有爸爸媽媽，他們還在等你吃飯。」

女孩哭得肝腸寸斷。「是啊，所以，我只哭五分鐘，宋先生，我只允許自己哭五分鐘，五分鐘之後，我就好了。明天我還是會找你催歌，照顧小聚，好好工作……」

她在月亮下哭著，我支撐著一動不動，能說什麼呢？喔，有東西說的：「你打賭都輸了，還找我催歌？」

「我耍賴行不行？」

「你失戀你老大。」

「那就說定了。」

看著一邊大哭，一邊想著工作的女孩，我說：「你回家吧，我的意思是，我自己開車，帶著小聚去昆明。你放個假，陪陪爸媽。陳岩那邊，我替你解釋。」

青青停止哭泣，眨巴眼睛。「那怎麼行。」

我說：「可以的，給自己個機會緩緩，你不像我，我沒有機會。」

青青徹底恢復了。「宋先生，我依然不同意你的觀點。什麼叫沒有機會，你說命運注定，掙扎沒用，可我認為，命運怎麼安排是它的事，我有我的安排。是啊，我失戀了，這只能讓我哭五分鐘，我還有未來。」

我點了根菸，說：「這說明你沒經歷過絕望啊，徹頭徹尾的絕望，活在烏雲裡，自己看得清清楚楚，烏雲不會散，就這麼一直包裹著，連呼吸的機會都不給。」

青青扭頭，認真看著我，認真地說：「宋先生，我不知道在你身上發生了什麼，即使我問，你也不會說，因為我幫不到你。但是，宋先生你真的確定，你完全知道自己的未來怎麼樣嗎？」

我點點頭，無比胸悶。我羨慕她，有足夠的後盾，哪怕心如死灰，也只哭五分鐘，不遠處有個家，燈火溫暖明亮，親人等待著她。

青青突然貼上來，猝不及防，在我臉上輕輕親了一下，涼而輕盈，像飛鳥的翅膀擦過雲朵。

她退開，得意地微笑，眼睛彎彎的。「你別誤會，你看，至少一分鐘前，你根本不知道會有這個吻。一無所有的時候，說明你該擁有的，還沒到來。」

我呆呆望著湖面，青青離開，都沒察覺。

3

我和小聚找了家飯店湊合一晚，清晨開車去了青青家，把麵包車裡的箱子搬進去。青青終歸聽了勸，決定休假。

我上車之際，青青追趕出來。「宋先生，這把吉他送給你，希望對你寫歌有用。」

除了吉他，她還轉了點錢給我，說她可以報銷，怕我路上連油都加不起。

後視鏡裡，青青揮手的身影越來越小，這是段奇特的經歷，像一截不屬於我的零件，安裝了，又匆匆卸載。

即將駛出南昌，想了想，開回頭，開進閻笑文住的社區。小聚驚奇地問：「叔叔，我們怎麼到這裡了？」

早上八點整，大媽大爺健身跳舞，年輕人匆忙上班。我帶著小聚鬼鬼祟祟，坐電梯，按門鈴。「小聚你盯著點，真打起來你先跑。」

小聚壓低嗓門，激動地指著門。「來了來了！有腳步聲！」

門打開，我低頭說：「閻笑文，有快遞。」

他下意識地問：「在哪兒？」話音未落，我胳膊掄圓，朝他臉猛抽過去。「噹！」耳光勢大力沉，閻笑文踉踉蹌蹌，跌倒後撞翻門旁垃圾桶。

我咧嘴一笑。「同城快遞。」

他晃晃腦袋，扶牆站起來，皺起眉頭，說：「你不是青青同事嗎？她讓你來的？」

我說：「自發的，你報警也行。」

閻笑文搖搖頭。「算了，我理解，但我沒打算要她理解我。」他吐口口水，帶著血絲，「半年前，我請假去廣州找她，因為那天我生日，她是沒有空找我的。結果我剛落地，收到微信訊息，她臨時出差，飛去了長沙。我回覆說沒關係，可獨自住在廣州的飯店，想不明白自己為什麼要來。從那天開始，我發現一件事，只要我不發微信，她就不會主動發給我。她也許太忙，也許不在乎。我就試著也不發早安晚安了，她果然沒有發覺，整整一週，我們之間毫無聯繫，音信全無。」

他自嘲地笑笑。「對，互相體諒的話，應該怪我。既然她最重要的是工作，顧不上維繫感情，那我就應該多付出一些，更卑微一些。可我很受傷，也不願意繼續受傷，於是刻意每天不再想她，想念一個不在乎你的人的滋味，你懂嗎？」

我愣愣的，因為心血來潮的舉動，卻不小心走進森林，樹洞內埋藏著無法分辨對錯的祕密。

閻笑文擦擦眼角，說：「一個月後，我成功了，能安心睡覺了，不必抱著手機像傻子一樣等待。再後來，挺幸運的，遇見了在乎我的人。跟你說這些，不是要你轉達給青青，就是憋太久，被你打了個耳光，活活打出來了。」

下電梯時，小聚拽拽我。「叔叔，我沒聽明白他說的話。」

我說：「我也不明白。」

每個人無法喘氣的日子，只有自己知道。暴雨傾盆，望不見來時的路，沿途親手種植的海棠花全部凋零。

他們還可以向前走，水跡會被陽光曬乾，種子隨風飄往四方，努努力，幸福觸手可及。

我羨慕這一切。可以停的雨，應該來的光，腳下照常生長的路。

第八章

婚紗、摩托車、天地之間

一個人內心有裂痕的時候，
都是靜悄悄的，這個世界沒人能察覺。
只有當它「砰」的一聲碎開，大家才會聽到。

Always Have
Always Will

1

農忙時節，省道邊金澄澄的大片水稻田，也有幾塊地收割完畢，割稻機靜佇一旁。

村莊上空煙霧裊繞，空氣中浮動著焚燒稻草的味道，偶爾飄來嗆辣椒與豬油的香氣，和呼嘯而過的貨車對比，田野小村顯得無比歲月靜好。

我按地圖，在山腰找到空地，把車停下，從車頂拉出遮陽篷，支起折疊桌椅和瓦斯爐，決定湊合做一頓晚飯。夜色沉暮，山脊上的麵包車燈火通明，像個水晶玩具。

小聚吹著風，對著手機嘮嘮叨叨，估計又是她的直播時間。

我給她熬了燕麥粥，她舉著手機跑過來。「叔叔，快跟我的粉絲打個招呼。」

我瞥了一眼，也有點好奇，湊過去一看，小聚的直播間有兩個粉絲，畫面內的我頭髮凌亂，嘴唇眼睛的傷口還未痊癒，十分狼狽。

我趕緊理理頭髮，招手道：「大家好。」

頁面下方一條彈幕：「小聚，這是你爺爺嗎？」

我差點把燕麥粥往手機上潑。「什麼爺爺，我是她叔叔。」

小聚打圓場：「叔叔，你說點有用的。」

我撓撓頭，說：「大家好，吃飯了沒？沒吃就散了吧。」

直播間顯示：水裡哭泣的魚已經離開。

小聚氣急敗壞滾倒在地耍賴。「我好不容易弄到點粉絲，你還趕跑一個！」

我失去興趣。「先吃飯吧，別吵吵了。」

直播間顯示：無能小鬼已經進入。

小聚一骨碌爬起身。「又來一個！叔叔，你不許再趕人了！」

無能小鬼：「這個直播間幹啥的？」

小聚連忙回答：「親，歡迎你，你能不能給我們刷個火箭[5]？」

無能小鬼說：「啥也不幹就讓我刷火箭？」

小聚指著我說：「注意，我叔叔，你知道大歌星陳岩嗎？陳岩都求著他寫歌呢！」我一甩手，打算再煮一碗泡麵，聽到小聚繼續吹牛：「你別不信，我讀給你

5 指給直播間的直播主禮物，刷一個火箭人民幣五百元。

聽聽。」

小聚摸出一張紙，磕磕巴巴地朗誦：「遇見你，就像跋山涉水遇見一輪月亮，以後天黑心傷，就問那天借一點月光……」

我猛地跳過去，搶下字條，怒吼：「破小孩，怎麼偷我東西！」

小聚絲毫無懼，張嘴傻笑道：「叔叔，他嘲笑你。」

我一看，小聚手機的直播間頁面，多出一條彈幕：「啥玩意，矯情，酸不拉嘰的。」

我衝著手機喊：「聽不懂拉倒，陳岩就是找我寫歌了，怎麼了吧？」

無能小鬼：「那你倒是唱啊，光說不練。」

另一個粉絲也發話了，蹦躂閻羅：「那你倒是唱啊，光說不練＋1。」

最近我變得暴躁，一點就著，這是從來沒有過的事情。我用手指對著螢幕戳戳，意思你們等著，找到青青送的那把吉他，突然又緊張起來。

無邊樹浪起伏，我閉上眼睛，準備彈第一個音符。手機叮鈴噹啷，睜眼一看，直播間湧進七、八個人。小聚愕然，說：「蹦躂閻羅、飛天大佬、青面獠牙依然溫柔……你們是親戚嗎？名字都這麼奇怪……」

無能小鬼發言：「這些都是我的同事，我們在鬼屋工作。」

飛天大佬表達不滿：「囉哩囉唆的，行不行啊，我要聽歌。」

醞釀了一點情緒，被他們吵得一哄而散，我架起吉他，說：「安靜。」

彈幕呼啦啦：「我們發的彈幕，又沒說話，安靜什麼，你這個人智商堪憂。」

手指滑過，撥動和弦，「吭吭吭……昂！」忘記校正吉他音準，怪異地響起一串破音。

直播間寂靜片刻，彈幕亂飛。

無能小鬼：「……」

飛天大佬：「……」

蹦躂閻羅：「！！！！」

青面獠牙依然溫柔：「哈哈哈哈，嚇老子一跳，彈的什麼鬼。」

無能小鬼刷出鮮豔的紅字：「小妹妹，你爹仆街了，找個廠子上班吧。」

屈辱時刻，小聚竟然是笑得最厲害的那個：「哈哈哈哈，太難聽了，叔叔你會不會彈吉他？」

我吐出一口氣，擰好弦，重新開始。前奏爛熟於心，音符從記憶中蜂擁而出，穿行在風間，林間，曠無人煙的夜間。

從第一個音符開始，十年的時光隧道悠揚打開，回憶不停旋轉。我彷彿站在大學的音樂台上，對著孤獨演奏，而在角落，單薄的女孩子躲在陰影中，用亮晶晶的眼睛凝視我。

歌只有一半，戛然而止，「砰」的一聲，直播間炸起一艘火箭。

無能小鬼：「我有點相信你們的話了，真的好聽。」

蹦躂閻羅：「我丟，怎麼哭了……」

無能小鬼：「我們要上夜班了，明天再來。」

小聚歡天喜地，繼續她粉絲寥寥無幾的直播。我收起吉他，沉默許久。

麵包車儲物箱有頂簡易帳篷，可以省點住宿費。我熟練搭好，兩人躲進帳篷。小聚喝著一碗西洋菜豬肉湯，額頭佈滿細汗。「叔叔，我發現你的優點越來越多了，心腸好，講義氣，會彈琴，做菜還這麼好吃，除了打架每次都輸，簡直十全十美。」

「少拍馬屁，吃完睡覺！」我給她鋪平睡袋。

小聚說：「叔叔你是不是開飯館的？」

我說：「對對對。」

小聚說：「我看一個節目，裡頭有人做了個天空蛋，好漂亮的，你會做不？」

我說：「什麼鬼蛋，不會。」

小聚說：「就是剝開蛋殼，雞蛋藏著小小的天空，藍色的，裡面還飄著白雲，底下一層沙灘，可美了。」

我翻了翻行李袋，掏出一枚烏漆墨黑的球遞給她，說：「給，天空蛋。」

小聚震驚地說：「你吹什麼牛，這不是皮蛋嗎？」

我說：「你剝開來，不能碰碎一點點，完整剝好，就會變成天空蛋。」

小聚半信半疑，開始帶著憧憬剝皮蛋，我趁機幹活，固定帳篷插地的鋼繩。

剛擰完最後一個螺絲，小聚發出一聲慘叫。

我回頭看，她雙手顫巍巍地托著黑球。「這不就是皮蛋嗎？啊？你倒是變成天空啊？啊？」

我說：「你懂什麼，這叫五雷轟頂的天空。」

話音未落，風越來越大，吹得壓克力纖維布啪啦作響。青黑雲層薄薄鋪滿天空，空氣潮濕，我心一沉。「糟糕，真的要下雨。」

小聚鑽進睡袋，說：「叔叔，以後你要是學會了做天空蛋，給我做一個好不好？」

我說：「馬上都快五雷轟頂了，還天空什麼蛋。」

小聚說：「萬一以後你學會了呢。」

我說：「行吧。」

小聚在睡袋裡扭來扭去，脆脆地說：「叔叔，你這麼好，我們做個約定吧。」

我點著根菸，手掌伸平，試探雨水，應付地說：「什麼約定？」

小聚眨巴眨巴眼睛：「從今天起，我們忘記所有不開心的事情，我忘記生病，你忘記難過，好不好？」

菸頭忽明忽暗，我煩躁地說：「怎麼可能，真實存在的，忘記有什麼意義。」

小聚拱啊拱的，拱到我身旁。「至少會變得高興一點。」

我說：「高興不起來。」

小聚說：「所以要約好，你看，我就經常忘記自己快死了。」

我心煩意亂，扔掉菸頭。「你煩不煩，我為什麼要跟你約好。」

小聚爬出睡袋，盤著雙腿，坐我對面，大聲喊：「因為我不想看到你動不動板著臉，不想看到你喝酒，喝著喝著哭鼻子，我不想看到你難過！」

我避開她的目光。「小聚，別鬧了。」

小女孩搖頭。「你是好人，應該活得開心點。叔叔，你看我，只有幾個月可以活，可我還是會想著長大，認識很多人，去很多地方，不然虧大了。我直播都錄下來，哪怕將來一下子死掉，但這些日子我都錄著，是我的寶貝。我這麼點大，都在努力過好每一天，你為什麼不能呢？」

雨點砸下來了，沒有過渡，瞬息變成暴雨，帳篷被砸得東倒西歪，溫度驟然下降。我拔出鋼釘，冒雨收帳篷，喊她：「快去車上！」

小聚固執地站在雨裡，轉眼頭髮濕透，臉上全是水珠，喊：「叔叔，我們約定好了，我再上車。」

我抄起一件衣服，撐她頭頂。「胡鬧要有個限度，我數到三，你給我上車。」

小聚倔強地望著我，雨水從她瀏海滴下，她咬著嘴唇，眼睛通紅，一聲不吭。「嘩啦」，帳篷塌了。

小聚伸出小手，衝我張開著。「叔叔，你答應我。」

我煩不勝煩。「不上車是吧？隨你，真受夠了。」我轉身，心裡發誓，她再折騰，立刻抱起來丟到車裡。

「叔叔！」小聚喊，「你試一試，我知道大人有心事，小孩不懂的，但我們是兄弟啊！」

我抹一把臉。「你上不上車？」

小聚一步不退，站在暴雨中。「我不上。」

我血液湧上腦門，衝她咆哮：「想找死？你這個破身體，淋雨感冒會肺炎，你也知道自己就剩幾個月，再來個肺炎，幾天都活不了！快過來！」

小聚嘴巴一扁，接著大哭，邊哭邊喊：「我不過來！你答應我，忘記那些事情，哪怕只有幾天也好。我是活不了多久，我就拿剩下的幾天，跟你換還不行嗎？」

雨水撲上我的臉，眼淚跟著流。這小破孩簡直放屁，說的一派胡言，她的生命比我寶貴得多，不值得在我身上浪費。

小女孩伸著手求我，雨中奮力睜大眼睛。「叔叔，你可以活很久很久，等我死了，你還可以活很久很久，你答應我，就幾天，好不好？」

如果我有女兒，我希望她就是小聚。我希望自己碾壓成泥的生命中，能得到機會生出這樣動人無瑕的花朵。

「我答應你。」

我緊緊抱住她，衝進麵包車，心臟絞痛，空調開到最熱，用光所有毛巾，總算把她擦乾，再翻出被子裹住她。

小聚絲毫不覺得危險，笑嘻嘻的，一臉滿足地說：「叔叔你答應了，那接下來幾天，你就要把不開心的事情忘掉。」

我說：「好。」

車外雨聲激烈，擊打車頂，小聚呼吸細而均勻，終於睡著。我探探她額頭，體溫正常，應該沒事。

山中暴雨來得快去得快，驀然之間停了，只餘零星雨點拍擊車窗。小聚翻個身，小聲嘀咕：「我想媽媽了。」

我說：「那我們明天回南京。」

小聚明明睏得睜不開眼睛，依然一臉堅定地說：「不行，不能回去，我的事情還沒辦完，我得堅持。」

2

省道開了兩天，走走停停，入了貴州界。小聚動不動直播，跟那幾個粉絲嘀嘀咕咕，似乎交下了深厚的友誼。

壓抑已經成為習慣，如同傷口層層疊疊的血痂，撕開黏著血肉。小聚的約定只能讓我偶爾不去回想，嘗試著不管不顧，找點樂子。她說的也有道理，都快死了，哭喪著臉沒意義。

導航出了偏差，一不留神拐錯，出了高速。等到發現問題，前方變成土路。我研究了一會兒路線，發現調頭找高速，不如直接向前，路程還短一點。

遠山白雲，天空純淨，風景挺好，可惜土路凹凸不平，忽寬忽窄，一顛一顛的。小聚舉起手機說：「叔叔，無能小鬼留言罵你，說你太懶了，就彈了一次。」

我說：「幫我罵回去，他根本不懂天才的魄力。天才不但能隨隨便便成功，還能隨隨便便放棄。」

小聚打字緩慢，無能小鬼又留了言，她大聲朗讀：「廢物。叔叔，他罵你廢物。」

我搶過手機，邊開車邊單手飛快打字：「儘管你算我的伯樂，但沒有侮辱我的資格……」

「叔叔！」小聚驚叫起來。這糟糕的土路左高右低，我沒在意，方向盤一偏，麵包車衝向路邊的泥溝。

我猛踩剎車，大叫：「抱——」頭字尚未出口，麵包車「咚」地掉進泥溝。幸好泥溝不深，車頭栽進去，半截下陷在路沿。

一大一小兩隻泥猴緩緩站起，慢慢爬上路沿。

我嘗試推了推，小聚裝模作樣搭了把手，明確了一件事：憑我們的力量，車子是推不上去的。兩人蹲在路邊，陽光普照，泥巴都曬乾了，輕輕一動窸窸窣窣掉泥豆。小聚沮喪地問：「叔叔，會有人幫忙嗎？」

遠處傳來轟鳴聲，一輛摩托車囂張地駛近，我早就站起來，激動地揮手。騎士一停，摘下安全帽，是名二十來歲的女孩，碎花袖套，牛仔褲，長筒雨靴，村婦打扮，跟剛從地裡扒完花生出來似的。

我說：「妹子，你看，能不能……」

村姑說：「不能，我有急事，天黑前得到鎮上，你等後頭車吧。」估計我的形象太醜陋，她仰天長笑，戴上安全帽擰了油門就跑，還背對我們揮手。

她揮了幾下，土路太顛，單手握把沒穩住，迎來和我們相同的遭遇——摩托車晃了幾下，搖搖擺擺，咕咚，栽進泥溝。

小聚震驚地問：「姐姐怎了？」

我說：「得意忘形。」

村姑爬出泥溝，吭哧吭哧拉摩托車，又扛又拔，車子上去滑下來，上去滑下來，我和小聚站在旁邊看得津津有味。

村姑腳一不穩，再次栽進泥溝。我忍不住捧腹大笑，小聚也跟著我狂笑，兩人完全忘記自己剛才也一樣狼狽。村姑從淤泥裡拔出一隻雨靴，直直向我擲來，擦著我的腦袋飛過。

我不敢笑了。「咱們同病相憐，互相幫把手吧。」

費盡力氣，和她一塊拖出摩托車，再用繩索掛住麵包車，將麵包車拽出來。折騰完筋疲力盡，晚霞飛揚天邊，幾近黃昏。

村姑叫田美花，大學畢業歸鄉支教[6]。她俐落地扯下繩索，拋還給我，搞得我有些歉疚。「去鎮上我請你吃飯吧。」

美花跨上摩托車，回頭說：「我要來不及了，有緣再見。」她一擰油門，風馳電掣而去，瀟灑自如。

麵包車這下開起來更加艱難，三公里開了一個小時，頻頻熄火。兩隻泥猴面無表情，任隨命運無情捉弄。幸虧剛抵小鎮，迎面就有一家修車鋪。

「哥，附近有能住的地方嗎？」我給老闆遞了根菸。

老闆說：「小鎮就一條街，你走個幾分鐘，有幾家旅館。」

車擱鋪子，明天再取，徒步找了家旅館，趕緊把小聚丟進廁所，讓她自己好

6 指支援落後地區鄉鎮中小學校教育和教學管理工作。

好沖洗，不一會兒廁所溢出了髒水。我邊看電視邊等她，無聊地刷了刷朋友圈，刷到一個朋友正參加婚禮。

心猛地一跳，沒看清楚究竟是誰的婚禮，就把手機關閉。

小聚換上青青在南昌買的童裝，屁顛屁顛跑出來，說：「叔叔，輪到你了。」

我剛要走進廁所，電視新聞裡就吵吵起來，女大學生墜樓自盡。她的朋友接受記者採訪，傷心地說：「我怎麼都想不到她會這樣，平時挺好的啊，前幾天還一塊看電影，她說要吃炸雞，我給她買的。她到底出什麼事了……」

她的母親傷心欲絕，反覆唸叨著女兒的名字，說：「她很乖，喜歡幫助別人，都誇她懂事啊，從來不跟人生氣，都誇她好孩子，你走了讓媽媽怎麼辦……」

主持人陳述，沉痛表示女孩遺物包含抗憂鬱藥品，生前卻無人察覺。小聚呆呆地問：「叔叔，為什麼人會想要自殺呢？」

「我不知道。」

「那為什麼大家不幫幫她？」

我想了想，說：「一個人內心有裂痕的時候，都是靜悄悄的，這個世界沒人能察覺。只有當它『砰』的一聲碎開，大家才會聽到。」

小女孩似乎聽懂了，說：「死了才會被聽到啊？那我馬上就『砰』的一聲了。」她嘴巴喊著「砰」，咕咚摔到地上：「叔叔，我砰了。」

「砰你個頭。」我一把拉起她，「去看電視，我沖澡。」

沖完澡我筋疲力盡，倒頭睡著。半夜驚醒，小聚在我隔壁床，小女孩眼睛亮亮的，居然還沒睡。

我打起精神問：「藥吃了沒？」

小聚點頭。

我說：「那怎麼還不睡。」

小聚的眼睛更亮了，亮得有漣漪閃爍。「叔叔，我聽得到的。」她翻身趴著，雙手托腮，說：「碎開的聲音，我聽得到的，所以，你不要砰，好不好？」

我無法回答，沉默一會兒，說：「快睡覺，明天還要趕路。」

小聚沉睡過去。我睜眼到天亮，窗簾縫隙漏出稍許的光。我平躺著，雙唇從閉到開，噴一口微弱的氣息，小聲說：「砰。」

3

正午的小鎮熱鬧非凡，走出小旅館，相鄰各家店鋪門口都在播放舞曲。舞曲統統過時，外加電動喇叭炸裂的叫賣聲：「全部兩塊，全部兩塊，只限今天，全部兩塊！」

小聚東張西望，溜溜球一樣轉著圈逛，蹲在一個雜貨鋪前不走了。我湊近一看，她端起一盆乒乓球大小的仙人掌，問我：「叔叔，你能給我買這個嗎？」

我沒有斷然拒絕，仰著下巴說：「請說出你的理由。」

小聚說：「我看過一本圖畫書，上面寫仙人掌很厲害，無論什麼環境，都能活下去。我想把它帶在身邊，一起活下去，一起長大。」

仙人掌圓不溜丟，茸茸的刺，其實通體柔軟的白毛，跟小聚挺像，我說：「好。」

小聚收到禮物，蹦蹦跳跳，其他攤位也不逛了，結果前方傳來吵鬧聲。我們繞過圍觀人群，小聚皺皺眉頭，拉住我說：「叔叔，聲音好熟悉。」

我抱起小聚，讓她坐在我脖子上，她開始即時彙報：「叔叔那個是婚紗店，幾個大男人在打人……叔叔！他們打的是美花姐！」

我奮力往人堆裡擠，田美花比掉入泥溝時更加狼狽，摔倒在地，滿身是土，拚命哭叫，被婚紗店員工又踢又踹。我衝上去推開那些人，剛要理論，他們自己停了手，老闆模樣的人說：「還搶東西，大家都幫忙看著這小偷啊，我報警。」

我攔住他，說：「有事好商量，這是我朋友，具體什麼情況？」

老闆說：「她啊，進店裡說要買婚紗，看中一件，還裝腔作勢問價格。問完了又說要試，就讓她去試唄，結果趁著沒人注意，抱起婚紗就往外跑，我們差點沒反應過來。看著挺老實的，怎麼了，買不起就搶啊。」他轉身走到店門口，從地上撿起一件婚紗，對我說：「行，你是她朋友，這件新的，弄得全是灰，這還讓我怎麼賣。」

田美花哭著喊：「我付錢了，錢放你們櫃台了！」

老闆一愣，讓店員進去看看。我先扶起美花，她哭得上氣不接下氣，我問：「既然付錢了，你為什麼要搶了就跑？」

美花只哭不說話，店員拿著一遝錢出來，說：「還真留了。」老闆狐疑地望了美花一眼，拿起錢清點，三兩下點完，說：「差四百塊。」

我鬆了口氣，只差四百塊，那管這個閒事還在我能力範圍之內。我掏出四百塊錢，遞給老闆，說：「買了，她都被你們打成這樣，也別報警了，行嗎？」

老闆點點頭，圍觀人群沒熱鬧可看，一哄而散。我把婚紗交給田美花，說：「先去洗把臉，沒事了。」

我們回到旅館，田美花洗臉，小聚偷偷摸摸說：「叔叔，這下我們更窮了。」

田美花抱著婚紗，對我鞠了個躬。「謝謝你，我真的沒辦法了，鎮上不認識人，打電話也沒借到，就差四百塊，我心想以後有錢了再還給老闆的……」

我頭疼地說：「那你可以先回去，不就四百塊嗎？搞到了再來呀。」

田美花說：「我擔心來不及，我得趕緊結婚。」

我說：「結婚有什麼來不來得及的，那你男朋友呢？」

田美花支支吾吾，憋出一句：「他還沒同意。」

我和小聚互望一眼，覺得腦子一團漿糊。田美花繼續解釋：「我一定要嫁給他，不管他同不同意。」

我說：「這個沒法硬來吧？」

田美花猶豫一會兒，從背包夾層翻出一張舊報紙，塑膠薄膜包著，寶貝一樣。她小心翼翼遞給我，指著上面一篇文章，說：「你看。」

二〇〇七年的報紙，記者走訪了貴州山村一所小學。整所小學一共三十七名學生，一個老師。老師名叫李樹，大學畢業後執意回到故鄉，成為鄉村教師。記者採訪那年，已經是他堅持的第七個年頭。村裡醫療條件差，李樹身體不好，記者抵達時，他剛從鎮上衛生所開藥回來。記者問他最需要什麼，他說學習用品。

報導篇幅不長，我心想，他一定很孤獨。

我問田美花：「你要跟他結婚，但人家沒同意？」

田美花說：「不是沒同意，是他不知道。」

我沉默了，覺得無法溝通。田美花的腦迴路過於特別，小聚嘴巴都張大了。

田美花收好報紙，說：「我就是那個班上的學生，有件事我記得特別清楚。四年級的時候，李老師的女朋友來村裡找他。他們站在教室外頭，聊了很久，兩個人都哭了。後來他女朋友走了，李老師生了場大病，村裡大人都說，不能耽擱了李老師，就把小孩從學校領走，不許繼續念書了。」

田美花說著眼淚又掉下來了。「李老師一家一家走過去，一個小孩一個小孩帶回學校，他說自己是這個村的人，從小吃百家飯長大，沒人欠他，是他欠大家。這輩子就算不討老婆，也要讓村裡孩子都念上書。他生著病啊，咳得讓人害怕，跟村裡人發火，說只要孩子們將來能走出去，比什麼都強。」

我和小聚靜靜聽著，田美花擦了擦眼淚。「第二天早上，李老師一邊咳嗽一邊走進教室。他好瘦好瘦，當時我們都哭了，一起站起來，對著李老師喊：『李老師，我們嫁給你。』」

田美花的敘述很簡單，可我腦海裡呈現出了一幅幅畫面，讓我知道這個世界是存在著偉大的。我不知道需要多堅定的信仰，才可以讓一個人將自己燃燒得乾淨透徹。

「這兩年李老師住過三次院，前幾天他說，不治了，治不好了，要回村子。我們把他接回來，他一直躺著，每天只喝點湯。他睡著的時候，我聽到他小聲喊：『樂宜對不起，樂宜對不起。』我想，二十年了啊，李老師還是忘不掉那個叫樂宜的女生。」

「李老師憑什麼討不到老婆，我要嫁給他！」田美花抱起婚紗，再次對我們鞠了一躬：「謝謝你，留個電話給我，以後還你錢。」

我說：「不用不用，真的不用。」

田美花搖頭道：「要還的，我得回去了，你們相信我，我一定會還的。」

我說：「你車停哪兒，我送送你。」

4

小鎮路口，田美花蹲下，從包裡翻出一捧花生，揣進小聚懷裡。小聚說：「美花姐姐，你結婚的話，能不能告訴我一聲，我想去參加你的婚禮。」

田美花說：「好啊，那你一定要來。」

小聚說：「你穿這件婚紗一定非常非常好看！」

田美花一拍腦門，從鼓鼓囊囊的塑膠袋裡拿出婚紗。「我現在就穿給你看！」

小聚和我對視一下，從雙方眼神裡都讀出了驚愕。我試圖阻攔：「不用了不用了，光天化日之下，你換什麼衣服……」

田美花瞥我一眼，直接把婚紗往身上套，上半截十分繁瑣，套不上，她想了想，抬腿套進下半截，不倫不類地轉個圈，問：「怎麼樣？」

小聚咽了口口水，說：「相當美麗。」

田美花一提裙襬，跨上摩托車，戴好安全帽，對著呆滯的我倆說：「讓你們知道，什麼叫不但美麗，而且帥氣。」

我說：「你別這樣，萬一剮到樹枝啥的，剮壞了怎麼辦……」

田美花一擰油門，嗓門比摩托車的轟鳴聲還大：「我過個癮，騎過前面那個山頭就脫下來，放心好了。」

她猛地竄出去，風中飄來一句：「再見啦，小聚我等你。」

我和小聚一陣傷感，視線中遠去的摩托車調了個頭，轟隆隆開回來，嘎吱停在我倆面前，小聚揮動的手都沒放下來。

田美花說：「那個，我要騎一百多公里，路上可能沒錢加油……」

我默默遞給她兩百塊錢。

這次她真的走了，山間的秋日正午，清脆透明。村姑田美花穿著半截婚紗，裙襬拉起一蓬白浪，騎著摩托車一路飛馳。

5

我沒取到車。小鎮車行老闆秦鐵手，修車三十餘年，見過各種車型，對著我的麵包車時，卻陷入沉思。這輛車的每個零件都在垂死掙扎，修是能修，無從下手。

「叔叔，他是不是睡著了？」小聚問。這位姓秦的老大爺鑽進車底，一動不動半天了，終於滑出來，說：「明天嘛，明天肯定可以。」

於是我倆又得在小鎮待著。吃了碗酸辣湯，渾渾噩噩睡了半天，晚上睡不著了。小聚床頭擺著那盆小小的仙人掌，我輕手輕腳走出房間，走進旅館背後的樹林。

月亮很大，天很高，雲很淡，我一直走到樹林邊際，小河嘩啦啦流淌，我看著自己的倒影，心裡響起一個聲音。

如果我離開你了，你會找我嗎？

會的。

我想去世界的盡頭，那裡有一座燈塔，只要能走到燈塔下面，就會忘記經歷過的苦難。你去那裡找我吧，到了那裡，你就忘記我了。

好的。

我誰也找不到，哪裡都去不了。我不想麻煩別人，不想永遠愧疚，我沒辦法控制，胸口要炸開了，就是不停哆嗦，喘不上氣，嘴巴開開合合，說的什麼自己都聽不清楚。

遙遠的小飯館二樓，我住的房間陰暗潮濕，除了床、書桌和衣櫃，沒有其他家具。密密麻麻的「對不起」寫滿了三面牆。

因為這樣的夜，無數次了。

第九章

遺書

她是烏雲中最後一縷光，牢獄裡最後一把鑰匙，
我伸手穿過頭頂河水，抓到的最後一根稻草。

Always Have
Always Will

我叫宋一鯉，一九九五年出生於南京燕子巷。母親趙英，是一名縫紉工，父親宋北橋，技校畢業找不到工作，結婚後用兩家積蓄開了個小飯館。

縫紉機的嗒嗒嗒聲充滿童年，不管我何時醒來，燈總是亮著。母親揉揉眼睛，過來拍著我的後背，哄我睡著。夜的墨色稍淡，父親便接替母親忙碌，雙手沾滿麵粉，在逐漸亮起的天光中垂下靜默的影子。

他們交錯的時光很少，大半也用來爭吵。五歲那年，酷夏炎炎，母親不捨得開空調，用涼水冰了西瓜給我吃。父親打落了我的西瓜，他們吼著我聽不懂的話，從屋裡推打到門外，母親跌倒了，用腳踢父親。

那時我沒有玩具，每天看很多電視，學著電視中的樣子，跪下說：「你們不要互相折磨了。」五歲的小孩說這話很離譜，父母太過詫異，但沒有改變他們的關係。

六歲那年，母親賣掉縫紉機，開始凌晨和麵。她說，父親不會再回來。

「宋一鯉，你記住，以後你就沒有爸爸了。別哭，媽媽就算拚了這條命，也會讓你好好的。」

母親說到做到。飯館沒生意，她就給小廠裝燈泡，玻璃屑卡滿指縫，用繡花針挑。電動車壞了，她能扛著二十五公斤的大米回家，肩膀磨破一層皮。

十歲那年，家裡電話響起，父親老家打來的。「宋北橋去世了，讓他兒子來磕個頭。」

我的童年和少年時代，就是望著母親無休止地辛勞。母親經常誇我懂事，因為我除開學習時間，都在幫她勞動。母親也經常罵我，因為我學習並不優秀。巷子裡的小孩不跟我玩，學校的同學天天捉弄我，我不敢告訴母親。某些深夜，我能聽到她在廚房不停罵人，我偷偷摸過去看，發現她是對著空氣罵，披頭散髮，邊罵邊哭。

別人怎麼對我，我不在乎，我就笑，笑著笑著他們就害怕了。

到了大學，林藝融化了我心中一塊冰。我明白自己其實很脆弱，需要一層層保護膜，才能讓幼時一直流血的傷口不被暴露。即便睡在宿舍，半夜也會以為自己醒了，睜眼看見飯館二樓的小房間，一個小孩躲在牆角的陰暗裡，血淋淋的。

大學畢業，林藝第一次見我母親。林藝帶了專櫃買的護膚品，媽媽不捨得用，放進床頭櫃抽屜裡。我們結婚當天，她小心打開抽屜，旋開瓶子，塗抹到臉上。婚禮沒有任何賓客，就是在小飯館裡擺好一桌酒菜，我們對著母親磕了三個響頭。母親從收藏幾十年的小盒子裡，取出幾份金飾，說讓我明天找個金店賣了，換個鑽戒給林藝。新娘子，要有婚戒的。

母親回房睡覺。半夜我們坐在門檻上，巷子深幽，招牌的燈照亮她的面容。我們坐了整晚，我看到新娘子眼角的淚水，而自己是沉默的新郎。

結婚半年，五十歲的母親突發腦出血。搶救只保住了母親的性命，她的腦子壞了，幾乎什麼都不記得，同一句話說好幾遍。母親走丟過一次，我和林藝滿大街找了她一整天，最後接到警察的通知去領人。她摔進三公里外的河溝，被人救上來，她只會喊著我的名字，警察查戶籍聯繫到我。

母親偶爾清醒，但更加令人擔憂。一天我下班回家，發現她在煮麵，手抓著麵條僵住不動，再晚一些，她的手就要伸進滾水中了。

我放棄收入不高的工作，回家接手小飯館，生意再差，至少可以照顧到母親。辭職那天，林藝哭了，說她一起幫我吧，我一個人根本沒法撐下去。

我更拚命地工作，開麵包車進貨拉原料，林藝坐後頭，母親坐副駕。每當風雨交加，母親聽著雨點敲擊車窗，會很安靜，跟我小時候一樣。

一次顧客退了道菜，不想浪費，我拿來自己吃。林藝不肯吃，我沒問為什麼，她突然哭泣，原來母親昨夜失禁，林藝洗掉床單，卻噁心得吃不下東西。

她絕望地問：「宋一鯉，是不是這輩子就這樣了？」

母親坐在收銀台後，她習慣的位置，朝外看著暮色。

林藝走了，離開了這個家，十三個月，每個月月底發一條微信給我：「我們離婚吧。」

她走後沒多久，母親翻出個鐵盒子，成日不撒手，睡覺都抱著。有時夜裡去看她，她摩挲著鐵盒，喊她睡覺，她嘿嘿地笑。

半年前，我接到電話，要份外賣。我想一筆生意也是生意，再說正好有車，就答應了。母親依然坐副駕，我替她繫好安全帶。母親時而邋遢，時而乾淨，這天她穿著最喜歡的緞面小襖，頭髮也梳得整齊。

外賣送到另一街區，我停好車，叮囑母親在車上等我。她彷彿聽懂了，抱著鐵盒嘿嘿傻笑。我幫她順順鬢角，她突然拉住我，深深地看了我一眼。

我沒在意，還哄她：「我很快回來，一會兒去找你兒媳婦，好不好？」她鬆開了我。

客戶住的老小區二樓，防盜門用綠紗糊著，應該有些年頭，好幾處都磨破了。門鈴按過好一會兒，才聽到拖鞋踢踏過來的聲音，屋裡的人邊走邊吵。

「又點外賣，你不知道外面的東西有多髒！」

「我就愛吃髒的！」

一個女孩開門，戴著漁夫帽，熱褲下一雙白亮長腿，她說：「上次去你家店裡吃過，鴨舌真的不錯。」

我禮貌地遞上外賣，道了聲謝。三月不冷不熱，我突然心慌得厲害，下樓扭了腳，坐在樓梯上捂著腳，疼得直冒冷汗。休息了五分鐘，忍痛一瘸一拐走去馬路。

路口一家花鋪，一家餛飩店，車子在馬路對面。我看不到車，因為路邊圍滿了人。我想繞開他們，卻聽到他們的議論。

「報警了嗎？」

「有人報了，救護車也叫了，哎喲，剛看到那老太太站樓頂，我就覺得不對……」

「三樓啊，不知道能不能救回來。」

「碰到什麼事了啊，這麼大年紀跳樓，他媽的太讓人心裡不好受了。」

巨大的驚恐凍結了血液，心跳得劇烈，似乎要衝出胸口，耳膜一震一震，眼前出現無數碎裂的細密金色花紋，行人和建築搖搖晃晃，我站不住，走一步腿就軟了，下意識伸著手，歪歪扭扭往人群中擠。

馬路邊躺著一個人，香檳色緞面小襖，黑褲子，棕色中跟皮鞋，花白頭髮。

媽媽。

是媽媽。

烏黑的血在她身下緩緩瀰漫，她閉著眼，頭髮散亂，成日成夜抱著的鐵盒終於脫離懷抱，掉在她身旁不遠處。

我絕望地喊，喊不出聲音，爬到她身邊。「睜開眼睛，求求你睜開眼睛，老天爺，求求你，別讓我媽媽死。」

鐵盒裡是她早年買的意外保險，保額三十萬。她不知道，自殺是沒有賠償的。林藝的抱怨，她聽得到。我的哭泣，她聽得到。人們的責罵，碗盆突然砸碎，兒子兒媳婦深夜的爭執，她聽得到。所以她會痛苦地發出呵呵聲，用力捶打胸口，哭得嘴角掛下口水。

所以她深深看了我一眼。

醫院走廊，我跪在手術室前拚命搧自己耳光。

母親救回來後，癱瘓了。

生活於我而言，已經麻木。照顧母親半年，我確定，我的人生毫無價值。所有經歷的苦難，堅持的努力，毫無價值。我早就死了，死在童年陰暗的牆角，死在一直偽裝的笑，死在從未消止的憂鬱，死在從始至終的無能為力。

我沒有把這些告訴林藝。在她眼裡，我就是個一事無成的廢物，帶給她的都是絕望。我改變不了艱辛的生活，不能帶領她走出沼澤，承諾與婚禮等同泡沫。

我也不想告訴她了。我曾經無比感激她，會永遠記得那個替我刷飯卡的少女，我也曾經有過堅定生活的意念，這些全部來自林藝。她是烏雲中最後一縷光，牢獄裡最後一把鑰匙，我伸手穿過頭頂河水，抓到的最後一根稻草。

她是大千世界留給我的最後一口空氣。

我從頭到尾都明白，林藝徹底離開，那麼也是我徹底離開。

我房間裡，密密麻麻的「對不起」寫滿了三面牆。我熬不下去了。

活下去，我沒有理由。

這就是我自殺的原因。

第十章

你被捕了

竹竿上紮著白幡，
風呼啦吹過，青山起伏，天空沉默不語。

1

不記得怎麼回的旅館，小聚喚醒我的時候，天依然沒亮。她擔憂的小臉衝著我喊：「叔叔，你作噩夢了吧？」

這場噩夢籠罩我二十年，是小女孩無法理解的。她在暴雨中苦苦哀求的約定，我根本做不到。我愣神了好一會兒，才勉強坐起身，說：「沒事，叔叔吵醒你了？」

「叔叔，你在夢裡一定很難過。」小聚認真地說，一副努力嘗試替我排憂解難的模樣，「是想到什麼傷心的事情了嗎？」

我摸摸臉，冰涼一片，眼淚不知不覺淌著，趕緊用手擦擦。「小孩子別問這麼多，怎麼還拿著手機，不睡覺了？」

她解釋：「小鬼他們剛下班，問你怎麼還不直播，是不是蟑螂才盡。」

「是江郎才盡！快睡，不然沒收手機。」

她乖乖躺好，說：「叔叔晚安。」

我失去睡意，又怕吵醒小聚，睜著眼睛等到窗外濛濛亮，披件外套出門。小鎮吹來山風，有些水氣，路旁正撞到旅館老闆。

老闆遞來根菸。「山裡空氣好，早上舒服。」

我說：「抽菸的人還管空氣好不好？」

老闆笑了。「來，請你吃碗牛肉麵。」他領我到街邊一輛板車，不設座位，鄉里鄉親端著免洗碗，盛起就走。

老闆說：「二十幾年了，小鎮多少人吃這口長大的。牛肉滷一夜，燉一夜，大骨頭熬湯，碗底只擱醬油芝麻小蔥，自家打的麵條，筋道……」他說話間，我一碗麵條已經到手。

老闆說：「帶回去吃吧，這家我都月底一塊結。」

我原本沒有食欲，端著香氣一路飄，肚子咕嚕咕嚕直叫。鎮上牆角路沿開著韭菜花、野牡丹、杜鵑花，甚至有幾簇油菜花。我走幾步，仰起臉，天邊泛起微微的紅，薄薄的陽光滲透雲層，似乎比風更涼，輕輕鬆鬆落下，小鎮的路亮起來了。

我想，生活在這裡，早起吃一碗牛肉麵，日出而作，日落而息，種菜賣魚，砌瓦搬磚，喝完熱湯，去樹林數數螢火蟲，睡前拉開一點窗簾，讓月光流進房間，那應該挺美好。

小聚還在睡覺，我只能躲進廁所偷偷吃麵。

以前看過一部電影，主人公走投無路，絕望時吃到了一碗晶瑩的米飯。他為米飯流淚，大口大口吞咽，竟振作了起來。

如今我稍許理解了他的感受。麵條裹著湯汁滑入胃中，這剎那，我也想感慨，我也想落淚。這麵不錯，幸好沒有死在昨天。

忽然眼前一亮，是現實中真的一亮，門被打開了。小聚站在門口，帶著哭腔說：「叔叔，我知道你很難過，你別哭，你再哭我也要哭了。」

她在說什麼亂七八糟的，我回過頭，疑惑地問：「我沒哭啊。」

小聚的抽泣戛然而止，震驚地看著我。「你沒哭？我以為你躲在廁所哭……你在吃牛肉麵？牛肉麵？你在吃牛肉麵？」

一聲比一聲高，小女孩氣憤難當，眼珠子快瞪出來了。我低頭看看麵條，心叫不好，這丫頭十分貪嘴，我獨自吃她肯定氣到炸肺。果然她氣哼哼跑掉，我趕緊丟下碗追上去，她「咚」的一下跳到床上，叉著腰，兩眼噴火。

我賠笑道：「你別誤會，叔叔低血糖犯了，不吃早飯會暈倒……」

她不敢置信。「還騙我？」

我還沒編好詞，她一鞠躬，飛起來踢我一腳，落到床上，再一鞠躬，說：「渣男。」

解了氣的小女孩一裹被子，繼續睡覺。

2

小鎮往南，即將到達銅仁。前方發生車禍，臨時繞到郊外。用酒精爐簡單做的蒸蛋，拌的蔬菜，超市買的花捲，把小聚餵飽。

飯後思緒混沌，車停在河邊，窗戶全開，拿件衣服蒙頭，準備睒會兒。小聚興致勃勃地直播，熱情地跟粉絲打招呼：「小鬼閻羅你們好，找叔叔？那兒，給你們看，這個懶鬼在睡覺。」

我假裝睡著，她壓低聲音：「別叫他了，讓他睡吧，他心情不好。為什麼？因為他老婆跟別人跑了。」

我差點沒彈起來，破小孩完全沒有尊重隱私的自覺。直播間零星的粉絲也能炸鍋了，我都聽到砰砰火箭起飛的聲音。這幾個人不是沒錢嗎？幸災樂禍倒很積極，不惜代價。

「感謝無能小鬼的火箭……什麼時候寫完歌？可能還要等幾天，叔叔好吃懶做，就知道偷吃……啊？為什麼你們不來了？」

我蒙頭的衣服被扯落，小聚眼含淚光，衝我嘀咕：「叔叔，小鬼他們以後不來了。」

我說：「沒事，舊的不去，新的不來。」

小聚說：「你怎麼能這樣，失業啊！失業對大人來講，很可怕的！他們說，他們工作的鬼屋快倒閉了，工資也拿不到，以後可能沒空再來了。」

我說：「等他們找到工作，就又會到你直播間聊天了。」

小聚低下頭，有點難過，說：「叔叔，你的歌要是寫完了，如果他們能聽到，一定會受到鼓勵的。」

我說：「自己都一塌糊塗，還鼓勵別人，別指望我了。」

小聚說：「如果我能遇見他們，一定要幫他們加油！」

天空傳來轟鳴聲，一架飛機貼著雲低低劃過，陽光將它照成銀點，猶如白日星辰，緩緩劃向遠方。

銅仁出口沒下，我直接開車到了貴陽。搜索錦繡廣場附近的賓館，挑間乾淨的連鎖飯店入住。

「先生麻煩身分證登記下。」前台流暢地登記拿房卡，「203房，有需要電話撥0。」

「好的。」我收回身分證，牽起小聚上二樓。小女孩嚷著要洗澡，抱了換洗衣服跳進廁所，沒多久扁著嘴出來，垂頭喪氣。

我看她頭髮直滴水，趕緊打開暖氣，怕她感冒。洗手台下找到吹風機，轉過頭發現小聚默默哭得傷心。

我問：「怎麼啦？」

她抽抽搭搭伸手揪下頭髮，露出一顆圓圓的小光頭。

我愣住了，小聚委屈得不行：「我剛才忘記把假髮拿下來，結果弄濕了。」

我第一次直面她是癌症患者的事實。摘掉假髮的小聚彷彿縮了一圈，小腦袋白得刺眼。那股陌生感劇烈地刺痛我，之前她喊著要死了要死了，我都不以為意，這下心猛地揪起。我盡量語氣自然地說：「多大點事，我幫你吹乾。」

她搖搖頭。「不行，我的假髮是塑膠做的，一吹就會捲起來。」

我的手指有些抖，假裝調整風力。「捲起來也很可愛啊，你放心，我會輕輕地吹，幫你吹個波浪捲。」

她捂住假髮。「不行，波浪捲多土啊，我要紮個小揪揪！」

「啥叫小揪揪？」

她打開網頁給我看，我才明白，羊角辮而已。我鄙視她：「小揪揪太土。」

小女孩哼唧哼唧，眼淚打轉，我忙說：「小揪揪，紮小揪揪。」

小聚把假髮套在腦袋上，乖乖坐在椅子上，任我慢慢吹乾。

二檔暖風，離半臂長距離吹過去，溫度正好。髮絲逐漸乾燥，飛起來撓著小聚的耳朵，讓她止不住笑，在椅子上扭來扭去。「叔叔，乾了沒？我太癢啦！」

確認乾燥，我打開紮小揪揪的影片教學，邊學邊梳。

那個影片是年輕父親給年幼女兒紮頭髮，動作乾淨俐落，一抓一綁一放，似乎簡單極了。我減速慢放，紮得東倒西歪。小聚耐心減少，見我弄不好，乾脆開始搗亂。「叔叔，疼！你輕點！」

我緊張地一縮手，隨即反應過來。「假髮疼什麼？坐好，我就不信了！」終於勉強成形，我鬆口氣，手機振動，顯示田美花通話請求。小聚跳下椅子，搶過手機。「美花姐姐，是你嗎？」

田美花的聲音有些嘶啞：「小聚啊，我明天婚禮，你們來嗎？」

小聚歡呼雀躍。「來的來的！叔叔，我們要去的對不對？」

我遲疑一下，點點頭。

田美花說：「謝謝你們。」

小聚看著手機，似乎沒料到對話結束。她還在興奮地轉圈，那邊田美花已經掛了電話。小孩子沉思一會兒，拿起黑屏的手機，照鏡子一樣端詳，扭頭衝我喊：「我要特別漂亮地參加美花姐婚禮，你這紮得不行，重來重來！」

她正吵鬧，傳來敲門聲和服務員的聲音：「先生你好，送水果盤。」

我走過去，拉開房門，還沒來得及做出任何反應，眼前一黑，幾個身影撲上，直接將我壓倒在地。

「老實點，趴下！雙手舉起來！」

我腦子嗡嗡響，他們很用力，我掙扎不動，頭微偏，看見一個男子抱起小聚，她拳打腳踢地喊：「你們是誰？你們放開叔叔！」

我說：「放開她。」

我被按得更緊，有人說：「我們是警察。」

哇哇大哭的小聚拚命喊：「叔叔是好人，你們不准抓他……」

我卻彷彿鬆了口氣，渾身鬆弛，臉貼著冰涼的地板，閉上眼睛，甚至有些睏了。我沒想過會被逮捕，但我死都無所謂，對這一切坦然接受。換成是我的女兒，我也會對帶她離開的人深惡痛絕，可惜，沒法送小聚去看昆明的演唱會了。

我被押進警車，送到派出所，交出隨身物品，有問必答。警察的眼神充滿懷疑，隨即把我關入拘留室。我腦海空白，偶爾想，小聚呢，警察找到她媽媽了嗎？

第二天凌晨，警察領我進了房間，坐對面的是名穿著樸素的婦女，臉色蠟黃，不安絞動的雙手上有許多老繭。警察放下筆記本，說：「現在情況是這樣，你涉嫌拐賣七歲兒童余小聚。」

我對婦女說：「小聚沒事吧？」

警察拍拍筆記本：「你等我說完，這位是余小聚的母親。」

我點頭。「知道。」

警察繼續說：「她在南京當地報的案，昨天你身分證在飯店一登記，我們就找到你了。根據目前掌握的資訊，似乎和事實有點出入。」

小聚媽媽眼眶泛紅，囁嚅著說：「宋先生對不起，小聚跟我說了很多次，說你是好人，是她想去看演唱會，逼你帶她去的，但我沒辦法，我幾天都沒睡著覺……」

我說：「沒事沒事，她還好吧？」

小聚媽媽哭了起來：「我沒辦法啊，我真沒辦法，醫生說一週後動手術，希望也不大，不做手術也剩不了幾天，你說我怎麼辦……」

我呆呆地看著她，心裡空空的。想起那個假髮弄濕的小女孩刺眼的光頭，大大咧咧的小臉，滴溜溜亂轉的眼珠，我喉嚨堵住了，說不出話。

警察拍拍我肩膀。「銷案了，你是好人。」

門推開，小聚衝進來，她抱住媽媽的胳膊，說：「媽媽別哭了，我手術一定成功的，放心好了。」她又撲到我懷裡，說：「叔叔，你沒被打吧？」

我摸摸她的頭，把歪掉的辮子正了正。「小聚，該說再見了。」

她搖搖頭，牽起媽媽的手，說：「媽媽，我不去看演唱會了，回去做手術，你答應我一件事，有個姐姐要結婚了，我想去參加她的婚禮，就是今天，不耽誤的。」

小女孩淚眼婆娑，認真地說：「就今天，好不好媽媽？」

她媽媽點點頭，說：「好，媽媽陪你一起去。」

小聚綻開笑容，眼淚卻更加洶湧，對我說：「叔叔，你送送我們。」

3

小聚媽媽要替她重紮頭髮，她說：「就這樣吧，我們出發。」她抱著書包，蹦到麵包車上，向媽媽招手道：「媽媽，快點。」

清晨涼風吹來，我啟動麵包車，帶著她們母女，駛向來時路。山逐漸鬱鬱青青，兩個小時後下高速，田美花村子的名稱我記得，報紙上寫得清楚。村子應該很小，幸虧導航路線明確，翻山越嶺，最後一百公里開了三個多小時。

我把車停在村口大樹下，因為得問人才知道田美花住處。沿著唯一一條土路，往最近的紅磚瓦房走去，繞過一堵破敗的老牆，拐彎，我愣住了。

隱隱約約傳來哀樂，目光所及的平房，家家戶戶門口掛著白幡，隨風翻動。

我對小聚媽媽說：「你在這裡等我們吧，我帶小聚去看看。」

她猶豫一下，點點頭。

我牽著小聚的手，走進村落，但凡有樹的地方，樹下就放著花圈、花籃和一摞摞紙錢。花圈的輓聯飄拂，數不清的「李樹老師千古」。

小聚扯扯我，慌張地說：「是不是有人死了？」

村子正中，田邊一片空地，油布搭成大棚，許多人胳膊上扎著黑紗，忙忙碌碌。他們放置桌椅，架起爐灶，有和尚坐在大棚下，唱誦唸經。

大棚用許多竹竿撐起，竹竿上紮著白幡，風呼啦吹過，青山起伏，天空沉默不語。

整個村子，為一人辦喪事。

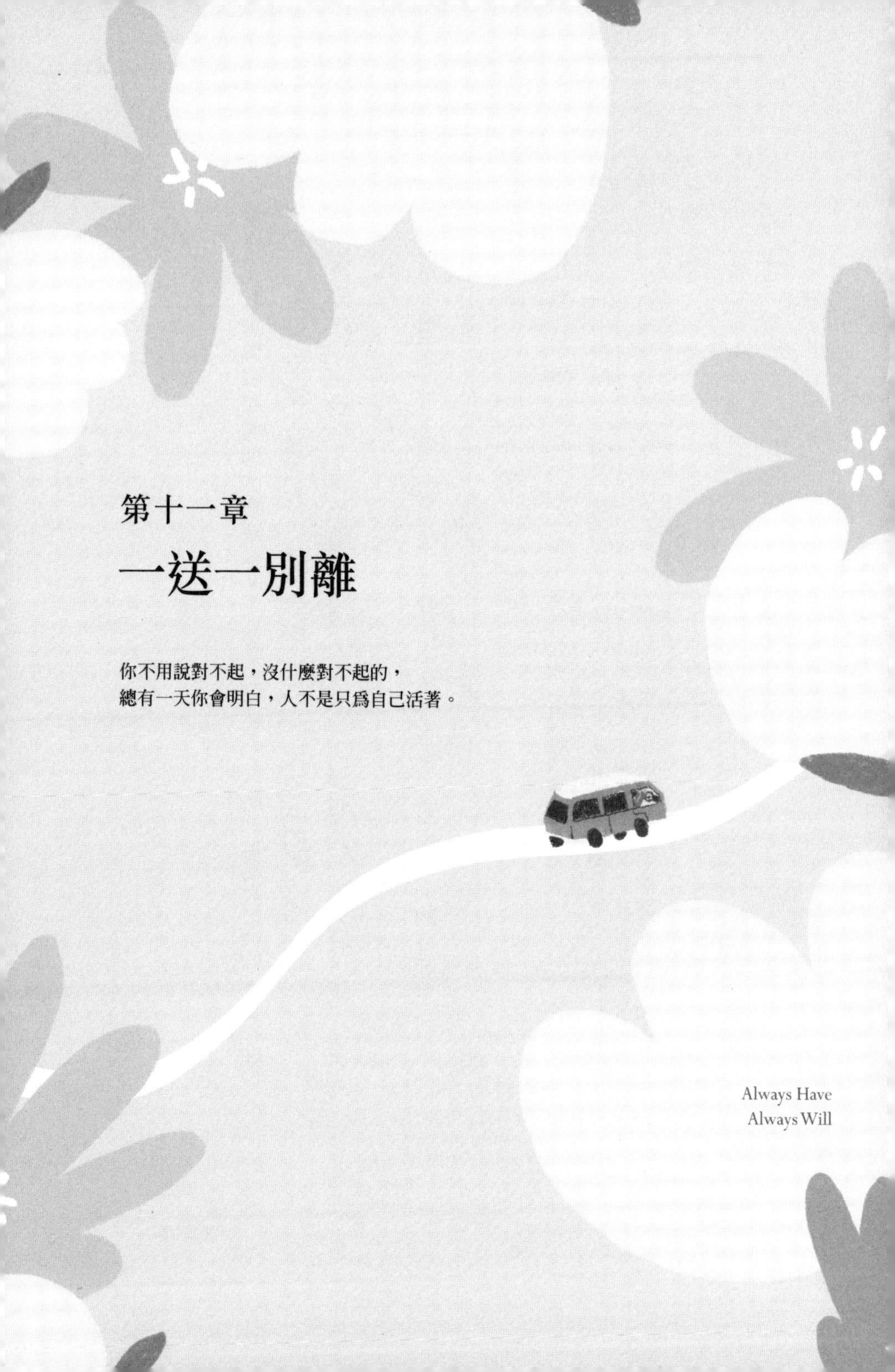

第十一章

一送一別離

你不用說對不起，沒什麼對不起的，
總有一天你會明白，人不是只爲自己活著。

Always Have
Always Will

1

遺像中的李樹臉龐瘦削，眼睛深凹，帶著笑意。我正對擺放祭品的木桌，鞠了三個躬。第三下深深彎腰到底，我沒想過，有一天我會為陌生人流淚。

小聚按照孩子的規矩，黃紙堆上磕頭，起身掏出麵包遞給田美花，說：「姐姐吃點東西吧，不能餓壞。」

風很淺，樹葉微晃，靈前銅爐突然簌簌地掉下香灰，露出插滿的紅亮星火。

小聚和田美花站在一起，我望著她們，發現我不是最絕望的那一個，不是最孤獨的那一個，更不是最勇敢的那一個。

田美花牽起小聚的手，說：「走，我帶你們去個地方。」

我們來到小學校，三間平房，黃土操場，不遠處有間未塗石灰的磚房。推開磚房的門，直接就是臥室，門邊餐桌，牆角灶台，一張簡陋的木床，窗下書桌，舊木櫃貼牆。

門、窗戶、舊木櫃和牆壁正中，都貼著大大的喜字。書桌上整齊堆放著課本，還有筆筒和茶杯，我意識到，這是李樹的房間。

書桌上，還豎著一張結婚照。說結婚照不一定準確，田美花穿著婚紗，新郎卻身穿病人服，閉眼躺在床上。

田美花拿起照片，用袖子擦擦。「我去他病房，硬拍的。不想他被搶救的時候，連個手術簽字的人都沒有。」

她把照片抱在懷裡。「我趴在他耳邊說，老李，你娶我好嗎？他睡著了，拍照的時候也沒醒。我把這個家佈置好，他也沒機會看。」

田美花的眼淚滴在相框上，她站在最悲傷的婚房裡。

她不好意思地笑了笑，說：「等下，我請你們喝喜酒。」我倆不知該如何表達，更不知該表達些什麼。她眼睛紅腫得可怕，應該許久沒有休息了。田美花拽著我，按到木凳上，然後招手示意小聚：「快坐，菜現成的，我熱一熱。」

她點燃灶台，不一會兒瀰漫出豬油爆炒的香氣和燒柴的燻煙。

窗戶敞開，風吹進來，捲起作業本封面，啪啦啪啦作響。我走到書桌前，想拿茶杯壓住作業本，看見茶杯下的一頁信紙。

致所有人：

所有人說我來山村支教不容易，太辛苦，甚至說我偉大。其實我只是個普通人，能力普通，水準普通，甚至比普通人還差一些。但我想，我受過的苦，故鄉的孩子們不必再吃。繞過的彎路，他們不必再走。丟失的希望，不必與我相同。看到的世界，超出我之所見。

我在最愛的地方生活，為最愛的人做些事情，並不需求同情。

樂宜，對不起。

父母埋葬此地，我亦是。

李樹

短短幾行字，我看了一遍又一遍。那些顛撲不破的大道理，人人讀過，字字易懂，可只有看見這頁信紙，我才真的明白：人的生死，有輕重之分。

田美花佈好碗筷，三菜一湯——燉土雞、油渣青菜和紅燒鯿魚，一碗蛋花湯。她給小聚倒果汁，給我倒啤酒。「今天喝喜酒的客人，只有你們兩個，因為啊，別人都不知道婚紗的事，說出來怪難為情的。」

用哭腫的眼睛笑，尤其令人心酸，她不停為我倆夾菜。

小聚偷瞄田美花，鼓起勇氣說：「我聽叔叔講，一個人心裡有裂痕，別人是無法察覺的。只有當它『砰』的一聲碎了，大家才會發現……」她越說聲音越小，連我都聽懂了她的擔憂。

田美花笑了。「什麼叫『砰』的一聲碎了，幹啥，你怕我自盡啊？」她咕咚乾了一杯，說：「我不會尋死的，雖然我很難過很難過，這個世界上不會有人比我更難過了，但我就是要活下去，用力活下去，我答應過他。」

她鼓著腮幫子，努力咀嚼，努力吞咽。

她說：「李老師不肯住院，我接他回來，他就一直躺著，每天喝一點點米湯。有一天突然精神比往常好，能坐起來，能說話。他讓我拿碗米飯，我拿給他，他搖搖頭，說讓我吃。我吃不下去，他說，吃，吃了用力活下去。」

田美花的淚珠撲簌簌墜落。「人總是要走的啊，既然一定會走，我接受。我必須活下去，因為我不是為了過去每一天活，我是為了將來每一天活。還有那麼多事情要做，過去無論發生什麼，我可以接受，但我絕不認輸。李老師在天上看著我，我不認輸。」

田美花猛吃一大口飯，說：「用力活下去。」

小聚用筷子夾起雞肉，塞進嘴裡，說：「用力活下去！」

我沉默地望著手中的碗，心中比任何一刻都迷茫。

2

田美花回靈堂，我把犯睏的小聚交給她媽媽，母女可以在車上睡個午覺。

沿村邊斜坡，上山沒多久，出現挺寬的平地，一棵松樹籠罩，我靠樹而坐，山下靈堂大棚清晰可見。村莊錯落的房屋，白幡飄揚依舊。人群忙忙碌碌，哀樂伴風遠去。

秋天的陽光溫和平靜，不因悲歡改變。我睡著了，作了個夢。

夢中回到半年前，送完外賣的馬路，母親靜靜躺在地面，沒有行人，沒有車輛。母親身下瀰漫的血跡，慢慢凝固，暈出一絲絲的紋路。血泊伸出斑斕的翅膀，隨著紋路溫柔地分裂，變成一隻隻蝴蝶，撲騰著旋轉，紅黃藍綠，各種顏色，大大小小捲起幾個漩渦，托著母親站起來。

母親在蝴蝶的擁簇中行走，走到路中間，那裡蹲著個哭泣的小男孩。她也蹲下來，摸摸小男孩的腦袋，說：「你不用說對不起，沒什麼對不起的，總有一天你會明白，人不是只為自己活著。媽媽沒有用，以後你要自己一個人過，記住啊，宋一鯉，再苦再累，都會有明天。」

蝴蝶停駐在母子倆的衣服上頭髮上，翅膀輕柔下墜，像無數個擁抱，披覆傷痕累累的身體。

3

當天我們並未離開山村，小聚和她媽媽說，明早想聽美花姐上課。大概想到女兒連小學課堂也沒有走進去過，她媽媽同意了。

田美花整夜守靈，將母女安頓於婚房，我打算在麵包車裡湊合一晚。夜幕降臨，山巒漸漸深沉，樹影映照月光，似乎能聽見星星閃動的聲音。

小聚揹著書包，跑來找我。她鑽進車裡，拉我出去，心事重重地看著我，一反常態，嚴肅地說：「叔叔，我想來想去，你打架打不過別人，老被欺負，以後我不在沒人救你，所以我打算教你空手道。」她爬進帳篷，換了空手道服，又爬出來，說：「叔叔，我現在教你空手道最重要的知識。」

小女孩一身潔白空手道服，雙腳分開，重心下移，挺胸收腹，握拳站定，看著我說：「你傻站著幹啥，快點，跟著我。」

我學她的樣子擺好架勢，她滿意地點點頭，說：「空手道最重要的，是氣勢！就算你今天什麼招式都學不會，也一定要把氣勢打出來！」

小女孩弓步出拳，大喝一聲：「哈！」

我學著她喊：「哈！」

小女孩再來一遍。「出拳要直，速度要快，哈！」

林間睡覺的鳥兒紛紛驚起，飛向天際。望著一絲不苟、滿頭汗水的小女孩，我不知所措。這個小孩子彷彿正用盡她所有的能力，安排她所有的牽掛。

我倆頭頂頭，躺在草地上。小聚小聲說：「叔叔你還記得不，你說過，世界有盡頭的。到了那裡，真的可以忘記所有的煩惱嗎？」

我說：「嗯，那裡除了水，就是冰，還有一座燈塔，有人告訴我，站在燈塔下，就什麼苦難都消失了。」

「那世界的盡頭，離天堂是不是很近？」

「是的吧。我不知道。」

「叔叔你等下。」小聚一骨碌爬起，從車裡找出仙人掌，遞給我：「如果你去那裡的話，帶上小小聚好不好？」

她給仙人掌起了名字，小小聚。她說：「我應該去不成了，小小聚可以陪著叔叔。」

4

清早五點十二分，地平線出現檸檬黃的光紗，太陽即將昇起。我坐在車頂等著，光紗上揚，染出瑰麗的玫紅和金黃，半粒光點緩緩昇起。幾分鐘工夫，朝日渾圓莊嚴，躍出暗色的雲層，霞光絢爛，明亮千里。

日出象徵新的開始，也如同光芒四射的句號。

小聚坐在教室最後一排，我在窗外看著。

「上課！」田美花說。

「起立！」班長說。

稀稀拉拉，只站起來幾個，手臂綁著黑紗的孩子們大多伏在課桌上哭。

田美花面無表情地說：「李樹老師不在了，以後的語文課，我給大家上。上課的時候都不准哭，李樹老師說過，你們要走出去見識世界，要走回來建設家鄉，絕不希望看到你們哭。」

她捻起一枝粉筆，說：「現在，全部翻到課本六十七頁。」

田美花轉身，在黑板上寫下課文題目第一個字「我」，卡頓一下，寫第二個字，寫了一半，停住了，整個人似乎變成了木頭人。

但我看見，她的肩膀在顫抖。她緊緊咬住嘴唇，眼淚滑落臉頰，竭盡全力不讓自己痛哭出聲。她說的對，這個世界上，也許不會有人比她更難受了，但她依然要用力活下去。

田美花，再見了。

5

小聚媽媽把麵包車裡外都仔細擦拭過，可惜車太舊，看著也就乾淨些而已。按她的打算，從銅仁市區坐高鐵到長沙，然後飛回南京，那樣價格划算。

小聚豎著耳朵聽，聽到長沙，眼睛一亮，掏出手機邊快速地查東西，邊問：「媽媽，我在長沙有朋友，可以看看他們嗎？」

她媽媽很詫異。「啊？你哪裡來的長沙的朋友？」

小聚點頭。「真的有。」

小聚媽媽並未糾結，反正要去長沙，轉頭拜託我：「車票是晚上的，麻煩宋先生一會兒到公車站把我們放下來。」

我說：「換車太麻煩，我直接送你們到長沙。」

搭兩趟公車，再等高鐵，還不如直接開過去，也就七個小時。

小聚媽媽連連推辭：「那怎麼好意思？」

小聚喜出望外。「好意思好意思，媽媽，別跟叔叔客氣，他這個人不能客氣。」

早飯後出發，除去張家界路段稍微堵車，整體順利。中午在常德加油，下午兩點抵達長沙。進入市區，依據小聚給的地址，跟著導航兜兜轉轉，一棟破舊的建築縮在商業街邊角，門口掛著牌子：鬼屋之王。下方一行備註：倒閉在即，超值半價。

小聚媽媽有些疑惑，問女兒：「你的朋友在裡邊？」

小聚歡快點頭，說：「對，我和叔叔進去就行，媽媽你等等我們。」

我買了兩張票，走進入口。通道口一位壯漢左右徘徊，看到我們，驚喜招手道：「你們來得正好！我買好票不敢進去，半天了一個客人沒有，走走走，做個伴，人多好壯膽。」

三人驗票入場，鬼屋內部裝飾成山洞，沒幾步立刻陷入黑暗，只剩點點綠光指引方向。壯漢縮頭縮腦，頭頂吱嘎一聲響，嚇人的鬼笑聲帶著回音，轟然炸開。

我無動於衷，耳邊傳來一聲尖叫，反而嚇了我一跳。壯漢涕泗橫流，上躥下跳，一把抱住我喊媽媽。小聚非常嫌棄地說：「算了叔叔，我們走前面吧。」

壯漢躲在我們身後，拐個彎，燈光頻閃配合雷聲，陰暗處蹦出一對黑白無常，白的吐出長長紅舌，黑的眼冒綠光，張牙舞爪衝我們撲來。

壯漢「嗷嗷」狂叫，轉身就逃。

音效震耳欲聾，我和小聚平靜地望著黑白無常。兩個鬼瘋狂扭動，見客人毫無表示，索性撲過來，撲到一半，離我們半米不到，突然僵住，愣在那裡一動不動。

我上前，抱了抱白無常，他高舉胳膊，依然僵著。我抱了抱黑無常，他單腿站立，依然僵著。小聚從書包掏出兩個蘋果，遞給白無常，白無常傻傻接過去，遞給黑無常，黑無常傻傻接過去。

我牽著小聚轉身離開，走了幾步，小聚舉起小拳頭，一拳打向天空，大喊：「哪怕就剩你們兩個，也要加油啊！無能小鬼，加油！蹦躂閻羅，加油！」

6

母女倆是晚上八點的高鐵，還有時間，小聚媽媽非要請我吃飯表示感謝。我挑家小飯館，點了小聚愛吃的蒸魚、時蔬和蛋羹。

可小聚吃得極慢，米飯一顆一顆夾進嘴裡，桌上三個人沉默著。小聚突然喜笑顏開地開始跟我絮叨，我低著頭，不回應她。

我怕多說一句，她會哭。

「叔叔，你接下來要去哪裡？」「叔叔，我手術後，你會來南京看我嗎？」「叔叔，你會越活越好對不對？」

我抬頭，望著眼淚打轉的小女孩，說：「我們都會越活越好。」

小女孩的筷子一直抖，說：「叔叔你知道嗎？其實我很羨慕你。」

她說：「你健健康康，能喝酒能吃肉，被人打到半死還活蹦亂跳。我就不行，我呢，很小心很小心地活著，可說不定明天就會死。」

她「哇」的一聲哭出來。「叔叔，你用力活下去啊，你帶著小小聚，用力活下去啊……」

她抽抽搭搭地說：「我已經吃得很慢很慢了，拖不下去了，叔叔再見。」

小聚媽媽抱起她，替她擦眼淚，衝我微微鞠躬，說：「真的謝謝你，宋先生。」

小聚媽媽抱著小聚，走向飯館門口，小女孩扭頭，揮手，嘴巴無聲地在說：「叔叔，再見。」

我傻傻坐著，恍恍惚惚，好像自己又失去了什麼，心裡空了一塊。我使勁克制自己，不去想這可能就是我和小聚的最後一面。

不知道坐了多久，耳邊響起小女孩熟悉的脆脆的聲音：「叔叔，你又偷吃！」

我猛地抬頭，飯館沒幾桌客人，而我對面空空蕩蕩，並無別人。

店門關得不緊，一陣風吹進來，涼意撲在我臉上。

又下雨了啊。

第十二章

漂泊白雲外

我答應你，
就是相信你。

Always Have
Always Will

1

漫無目的地開車，遇到岔路扔硬幣，正面向左，反面向右，黔西繞了圈，進入雲南境內。經常開著開著就停下來，有時前後荒無人煙，有時就在一頭水牛旁邊。

長長的路伸向天際，逼近白雲。

接過三個人的電話，青青的，問錢夠不夠，她可以轉，因為能報銷。陳岩的，問歌寫得怎麼樣，糊弄幾句掛了。小聚的，說她吃得不好，燒烤都吃不到，然後手機被護士搶走。

時間於我沒有概念，睏了睡，醒了走，餓了吃，累了停，一程又一程。

麵包車滴滴報警，提示油量不足，搜索最近的加油站開過去，已經到了曲靖市，那麼離昆明不遠了。原來我依然一直在往南開，難怪天不會涼。

囫圇吞完一碗泡麵，聞到空氣中土腥味漸重，抬頭看，黑雲迅疾，即將下雨。把車拐到加油站旁，蜷縮到後排入睡。

夢見那條白色的走廊，手術室的燈亮著。醫生開門，走過來，摘下口罩一邊，說：「顱內出血，多處骨折，這麼大年紀，禁不起的。手術還算成功，但以後不能走路了，而且……應該沒有太多意識。」

我呼吸困難，淚流滿面，一個字都說不出口。

醫生說：「如果平時太忙，照顧不上，為什麼不把老太太送療養院？」

我跪倒在地，搧自己耳光，醫生驚呆了。但我感覺不到疼痛，眼前的走廊逐漸扭曲，把我吸入盡頭，黑暗無邊。

我並不掙扎，閉上眼睛，垂著雙手，飄飄蕩蕩，也不想知道飄向何方。

有人在說：「活下去啊。」

我睜開眼睛，什麼都看不見，就是有許多聲音在喊，越喊越大聲：「活下去啊！用力活下去啊！」

我哭得聲嘶力竭，我明白自己在作夢，因此聽不到自己的哭聲。怎麼活下去呢？無處可去，沒有救贖，背負的痛苦永存，過去的每一分鐘都不可改變。

我抽搐著驚醒，喘著氣打開車窗，大雨瓢潑，劈頭蓋臉將我澆得清醒。

啟動車子，調頭，連夜開往七百公里外的重慶。

2

小時候存過一個地址，父親葬禮上有人給我的，寫在紙上，沒有告訴母親。長大後怕弄丟，存進手機。

中途休息幾次，第二天黃昏開到重慶。高樓在腳下崛起，頭頂是寬闊的馬路，地形錯綜複雜。問人加導航，江邊幾度迷失，終於停在和保存地址相同名字的社區前。

按下電梯，心跳加快。三樓，十四號，樓房舊了，走廊裡一股霉味，牆壁貼滿廣告，刷著各種電話號碼。

敲門後，一位老太太開門，看我第一眼，嘴唇發抖，右手緊緊揪住胸口的衣服，沙啞地問：「你……你是宋一鯉吧？」

她慌忙讓開，叫我進門，說不用換鞋。我木然坐在沙發上，老太太跑前跑後，端來水果，說：「我去做飯，你餓了沒，我一個人住，吃得簡單，你別嫌棄。」

老太太在廚房忙活，我四下打量，二十坪左右的小房子，陰暗逼仄，老太太為了省電，白天並未開燈。
玄關正對的櫃子，擺放著父親的遺像。我記不清他的樣子，但一眼認出了他。
老太太炒了雞毛菜，拌黃瓜，半盤滷牛肉，從玻璃櫃裡拿出一瓶白乾和酒盅。「這是好酒，放十幾年了，你爸一直不捨得，說留著，也不懂留給誰喝。」
她給我注滿。「別恨他。」
我說：「以前特別恨，恨了挺久。」許多磨難，就是自他離開，紛沓而來的。沒法不恨啊，還摻雜著憤懣與絕望。這些人類最糟糕的情緒，充斥我過往人生。
老太太的手枯瘦，皮膚起皺，扶著酒杯說：「他快不行那幾天，一直看著我，喉嚨呼嚕呼嚕的，話說不清楚，但我知道他的意思，他想見你最後一面。」她擦拭眼角：「他想問我，你在哪裡。」
我在城南燕子巷的破落二樓，母親起早貪黑，而我注視著她三十多歲便佝僂的背影。
老太太說：「他對不起你們母子兩個，後來我們連孩子都沒要。他過得不踏實，帶著心病走的。」

老太太抬頭，淚水混濁。「說這些沒有意義，你爸已經贖罪了，人都走了。」

我低聲說：「那我媽呢？我媽沒做錯什麼，就是受苦，你們不懂她有多苦……」我嗓子眼堵住了，面前的酒杯泛起一圈漣漪。

老太太慌亂地道歉，語無倫次，還給我夾菜，一邊夾一邊嗚嗚地哭。

我說：「前些年我媽腦中風，什麼都不記得，就記得我要結婚，要準備紅包，要辦酒席。她這一輩子，最開心的只有這件事。」

老太太問：「那她現在怎麼樣？」

我說：「腦中風，癱瘓，在療養院。」

瘦小的老太太捂住臉，泣不成聲地說：「我賠給她，我替你爸賠給她，我沒孩子，也沒親戚，我自己孤零零過日子，我賠給她……」

她困在這個二十坪的小房間，還將一直困下去。

我深深吸了口氣，說：「我曾經非常恨，不明白他為什麼離婚。媽媽跟我，難道不是他最親最親的人嗎？他居然可以拋下就走。」

老太太伸出雙手，抓住我的手，貼在她蒼老的臉上。

我哽咽著說：「後來我發現，我連愛都沒有能力，還恨個什麼呢。人生嘛，又不是自己能決定一切。」

老太太的眼淚落在我掌心。

我說：「您放心，我不恨了，他都死了十幾年了，我恨一個死了的人有意義嗎？」

桌上酒菜一點未動，我站起身，說：「我今天來，只是想告訴您一聲，我不恨他了，也不恨您。跟您說這些，希望您以後不用再想起這些就難受。我不希望這個世界上，因為我，還有人走的時候都帶著心病。」

我站在那兒，眼淚止不住。「活著多難多累啊，不恨了，您也好好過日子。」

我走出門，老太太呆呆望著，背後是父親的遺像。她很矮很瘦，光線暗淡，似乎整個人隱在夜裡。

她喃喃地說：「人這一輩子，沒法只為自己活啊。」

沒法只為自己活，也沒法自己決定一切，那麼，就活好自己，做好自己能決定的。

3

嘉陵江畔，城市燈柱沿岸怒放，大橋如同圓滿彩虹，串聯真實與倒影。橋底居民擺開桌子，相鄰相親，酒菜並到一處。他們吃得熱鬧，也招呼我：「別光自己坐著喝啊，來乾一杯？」

我拎著啤酒就坐了過去，陳岩打來電話：「歌你到底寫了沒？」

「寫了。」

她愣了一下，問：「歌名叫啥？」

「〈天堂旅行團〉。」

「看來還真寫了，那你寫完發我啊。」

「不用，我去昆明，當面給你。」

她沒問我這一路發生了什麼，在電話那頭誠懇地說：「宋一鯉，我為你高興。」

第二次往昆明開，換了路線。瀘州清秀，宜賓小巧，我開得慢，有車超過，尾燈上貼著笑臉。我還打了視訊給療養院，讓護工給我看看母親。護工推著輪椅，陪她曬太陽，她似乎一直在沉睡。

陳岩在昆明安排了飯店，我抵達後關屋裡兩天，沒有見她。

寫完了歌，臨近黃昏，我出門散步，走著走著拐進花市，滿目五彩斑斕，處處人與花相映。昆明的花市中外有名，不管多鮮豔嬌嫩的花朵，在這裡總能開出最濃郁的顏色。無邊色譜在市場鋪開，手中青翠，芬芳滿懷。

突然人群紛亂，各家收攤，碎碎的雨點劃出白線。

我躲到一家店鋪屋簷下，旁邊一對年輕男女，男孩捧著一束花，白色芍藥配淡粉薔薇，雙手遞給女孩，說：「生日快樂！」

女孩接住鮮花，笑得眼睛瞇起，說：「謝謝。」

兩人侷促地站了一會兒，男孩撓撓頭，咬咬牙，不敢看女孩的眼睛，說：「我喜歡你很久了，今天才敢約你出來。如果你願意做我的女朋友，就點點頭。你不願意也沒關係的，我保證不會再打擾你……」

女孩說：「我願意。」

男孩怔住，我甚至能感覺到他心臟亂蹦。這傻小子應該腦海空白了，女孩只是望著他笑。

男孩開口之前，眼淚「唰」地流淌，他說：「對不起，你生日我都沒錢買禮物。我畢業以後，會找一份好工作，拚命也行，我一定會拚命的，你相信我，我不會讓你過苦日子……」

女孩說：「沒關係啊，我答應你，就是相信你。」

他倆都在傻笑，彷彿混亂的人群和市場都不存在，全世界只見到彼此。

我癡癡地望著這對情侶，心中響起另一個熟悉的聲音。

「我畢業以後，會找一份好工作，拚命也行，我一定會拚命的，你相信我，我不會讓你過苦日子。」

「沒關係啊，我答應你，就是相信你。」

我走過去，從口袋裡取出藍色的絲絨盒子，對女孩說：「他有禮物，託我買的，現在送給你。」

男孩張大嘴巴，腦子轉不過彎。我把盒子交給女孩，轉身離開。

女孩問：「是你安排的吧？」

男孩說：「不是啊……」

女孩說：「認錯人了那就。」

男孩說：「對，因為我不認識他。」

女孩說：「那趕緊還給人家。」

我走遠了，融入茫茫人海。如果女孩打開盒子，她會發現裡面有枚璀璨的鑽石戒指，是用外婆和母親所有金飾換來的光輝，它承載了三代人對愛情的熱烈祝福。

祝你們平安，幸福，長久，不離不棄，永遠在一起。

我走出花市，身邊擦過無數雨中匆忙趕路的人，我停在一個看板下，天色漸暗，霓虹燈依次閃爍。

我拿起手機，按下通訊錄最上方的號碼。

手機通了，對面說：「喂？」

我說：「離婚吧。」

掛掉電話，仰起臉，黃昏的尾聲濕漉漉地撲滿面孔。

我佇立遠方，遠到只有自己看見。

第十三章

有什麼不開心的，就跟媽媽說

他說愛，就是眞愛，說在一起就是在一起，
我從來不需要猜他在想什麼。
他全部在想我。

Always Have
Always Will

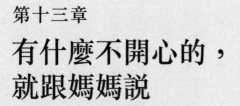

我叫林藝，記事起全家住在單位家屬大院[7]，獨生女，父母生我晚。剛學會走路，父親就被辭退。他們對我不嬌慣，期望女兒多才多藝，文靜端莊，所以我本該叫林靜才對。

大院內都是單位同事，沒太多等級之分，起初條件相仿，後來升官的升官，經商的經商，只有我父母止步不前。父親找過許多工作，照相館，澡堂，影片出租店，都做不長久，算是零零散散能貼補些家用。

幸虧單位沒有收回房子，不然過得更加拮据。

從小我就明白，人不進步，是會被孤立的。

全家陷入貧困的窘迫中，父親要面子，出去打零工也要穿著工服，讓人覺得正式。我承認自己繼承了些虛榮，到南京上大學，我忘記摘下袖套，室友覺得稀奇，我趕緊扔進垃圾桶。

冬天媽媽給我寄棉褲，那個包裹直至畢業都沒打開。

遇見宋一鯉，我覺得幸運。真的，他假裝什麼都不在乎，給自己豎著厚厚的壁壘，但只要走進去，就能看到一顆真誠善良的心。也許他能力不足，也許他家境一般，可普通人誰不是這樣呢？包括我。

他說愛，就是真愛，說在一起就是在一起，我從來不需要猜他在想什麼。

他全部在想我。

他就是這樣，稍微被愛一下，整顆心就迫不及待掏出來了。

遇見宋一鯉，我覺得悲傷。我期盼依靠他，我也知道他會拚盡全力，然而我對這世界有幻想，有超越實際的夢。我不願回到大院，不願面對父母皺起的眉頭，和那二十年沒有換過的小床。

父親把我介紹給他老戰友的兒子，一個乾淨靦腆的男生。他很喜歡我，喜歡到日夜苦讀，專升本報考我所在的學校。

我放棄了宋一鯉，和男生相處了一段時間。可我扔不下宋一鯉，因為我發現，只有宋一鯉，是將我永遠擺在最重要的位置。這和喜歡不同，喜歡是占有，而和宋一鯉分手的幾個月，他沒有找我，他擔心打擾我，擔心傷害我，即便自己痛苦萬分。

那就讓我堅定一次吧，我對自己說，無怨無悔地堅定一次。我虛榮，矯情，

7 中國一九四九年起三十年間所建的住宅區，同個工作單位的人在這裡辦公、居住、生活。

嚮往城市繁華，我想，像我這樣的女生，也只有二十幾歲的階段，才吃得了不計其數的苦，這是我唯一能為愛情犧牲的年紀。

怕自己反悔，畢業不久我就和他結婚了。

人生的苦難，比想像的還難以承受。婆婆腦出血，媽媽偷偷跟我說，趁沒孩子，早做打算。我開始動搖，媽媽嘆息著說：「你還年輕，人生不是一道道坎組成的，有的直接就是絕路，不可能跨過去。」

媽媽一語成讖。

我住在城市破舊不堪的老巷子裡，不奢求鞋、包、下午茶，每天素面朝天，陪著丈夫經營小飯館，照顧生活不能自理的婆婆，可我沒想到，做個底層都那麼難。

但凡有一絲可能，我依然願意留下。父母找到我，讓我幫忙補交社保，兩萬塊，能讓母親退休後每月領一千五百塊。

我沒有告訴宋一鯉，他不會有解決的辦法。這也不是壓垮駱駝的最後一根稻草，我和宋一鯉的生命中，四面八方早就被一座座大山擋住，紋絲不動，密不透風。

命運告訴我，人世間無數機會，你沒有抽獎的資格，如果繼續，只能抽掉我最後一絲力氣。

宋一鯉什麼都沒做錯，是我的錯。

我曾經堅定地選擇了他，並且試圖堅定下去，但我後退了。我沒有做到，我是不是很差勁？

宋一鯉，我們都揹著山而來，是我先逃跑了，對不起。

我單膝跪在草地上，腦袋擱在婆婆的膝蓋上，說了很多很多，說得太長，婆婆似乎睡著了。她肯定聽不明白，不然我不敢說完。

今天週末，心神不寧，未婚夫出差了，我想最後探望下以前的婆婆，鬼使神差來到療養院。我報了宋一鯉母親的名字，說是外甥女，護工推著婆婆出來，輪椅很新，療養院應該條件不錯。

護工把推車交給我，抱怨說：「她不肯上廁所，最後把床弄得一塌糊塗。」

我連連道歉，塞過去一袋水果，護工才停止嘮叨，還將一碗魚丸湯給我，說：「你來餵吧，老太太今天胃口不錯。」

一勺勺魚丸湯餵著婆婆，她嘴角漏出來，我擦乾淨，如同往日。

餵完湯，推她去草坪，也許陽光讓她清醒了些，她小聲咕噥：「我兒子呢？」

我說：「他出差，過幾天就回來。」

婆婆身子不能動，只能瞪著眼睛表達惱怒。「都快結婚了，叫他過來，把我兒子叫過來。」

她五十多啊，頭髮全白了，糊里糊塗發著脾氣。兩年前，她還穿著香檳色緞面小襖，笑容滿面對我說：「小藝，以後我就是你的媽媽，沒人會委屈你，有什麼不開心，就跟媽媽說。」

我蹲下，伏在她膝上，把臉埋在她的手掌中。「媽媽，是我不對，可我真的沒辦法繼續了，我只想要正常生活，踏踏實實的，未來能有希望。」

婆婆恍若未聞，雙眼茫然地望向前方。「我兒子要結婚了，他去哪裡了，他要結婚了……」她眼睛彎起來，噙著笑，「我兒媳婦特別好看。」

她在炫耀人生中最高興的事，她想我一塊笑。

婆婆的手很吃力地抬起一點點，指尖觸碰到我的頭髮，她說：「有什麼不開心的，就跟媽媽說。」

於是我說了很多很多，從幼時說到大學，說到這幾年，一直說到：「對不起，媽媽，你要陪著宋一鯉啊……」

彷彿聆聽許久，又彷彿沉睡許久的婆婆睜開眼睛，說：「謝謝你，你是好孩子。」

我憋不住了，眼淚瘋狂湧出眼眶，那些藏好的委屈傷心，再也遏制不住。

我緊緊抓住婆婆的手，抽泣著說：「媽媽，我走之後，只有您陪著他，您要長命百歲，他就是個孩子，您一定要好好的，一直陪著他，不然他會很孤單很孤單……」

天空一架飛機掠過，轟鳴由遠及近，又逐漸靜寂。有水珠打濕我的頭髮，一滴一滴。婆婆溫和地說：「小藝啊，媽媽在呢。」

我抬頭，風吹動婆婆的白髮，皺紋間掛著淚水，她微笑看著我。

「媽媽，這是我最後一次叫您媽媽了，以後不能照顧您了。」我站起身，對著微笑的老太太說：「再見，媽媽。」

第十四章

天堂如有人高高在上

我們一路遇到很多人，很多事，
有愛而不得，有得而復失，有生不如死，有死裡逃生。

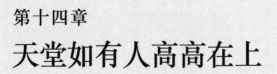

Always Have
Always Will

1

我和陳岩見了面，她看完歌詞，放下後低頭不語。

「不滿意嗎？」我問。

她搖頭。「看完太難過，暫時不敢看第二遍。」說完笑笑，揚起手中車鑰匙，「先請你吃飯吧。」

她開了輛銀灰色小巧跑車，沿石龍路往西，駛往湖邊方向。車子馬力強勁，啟動時嗚嗚轟鳴，但她不緊不慢，時不時偏離主路，往小巷鑽。

我們路過公車站擁擠的人群，商場門口等待的年輕女孩，遇見斑馬線，小學老師牽著孩子的手，揮舞小黃旗，乖乖排隊走過。

接他們的家長，揹著各色卡通水壺。

大學生三三兩兩，討論哪家火鍋好吃。

黃昏已至，陳岩放下車窗，那些人間的吵鬧歡笑，水果攤上的討價還價，打電話的怒氣衝衝，紛紛擁擁，人潮如陸地鳥雀，分流歸巢。

我們停在一個巷子口，巷子內每戶人家都開著窗戶，油煙從窗口湧出，混入晚風，吹動著欄杆上剛洗好的衣服。

年輕的夫妻打罵孩子，哭號尖厲，也有人外放熱門舞曲，靠近我們那一家，四、五個面紅耳赤的男孩，舉起啤酒慶祝某人的離職。

陳岩示意我往上看，巷子的天空被棟高聳大樓遮住，僅留下一絲柔和金線，細細灑下，像條有形的界限。

大樓簇新時尚，是這座城市裡頂尖的辦公大樓，夕陽還未垂落，幾百扇落地窗便綻放出燈光，讓這小巷顯得更加黑暗。

「餐廳在頂樓，通知過經理，已經準備好了。」

客梯飛速上升，數字跳動，我從未坐過這麼快的電梯。打開後，不見走廊，直面方正的大盒子，整體漆黑光滑，找不到門的痕跡。

陳岩用手按住雕塑底座，門便魔術般滑動，露出無數鏡面，反射夜空。我麻木地跟隨陳岩，經理引導，路過身側各個角度的自己。餐桌臨著巨大的落地玻璃，坐上椅子，如神明浮在空中，俯視城市的車水馬龍。

桌上擺好冰桶，盛放一瓶木塞斑駁的紅酒。

陳岩點的菜名我都沒聽說過，柔嫩魚肉和蔬菜都做成認不出的樣子，我也吃到生平最美味的牛排。我沒問價格，油脂與汁水恰到好處的程度，揭示著我不可置信的昂貴。

陳岩與我碰了一杯，她說：「這些在我割腕時，已經擁有了。我爸車禍，我媽心臟病，我擁有的一切阻止不了這些。」

她一飲而盡。「我擁有的一切，也阻止不了我當時覺得活著沒意思。」

我說：「那你怎麼活下來的？」

她亮亮手機，螢幕保護程式是個嬰兒。「前年生的。」

她說：「人有理由死，就有理由活。」

我沉默一會兒，說：「我會努力的，但你現在這麼做，不像開導，我覺得更像炫富。」

陳岩笑得前仰後合。「有錢當然好，至少可以避開很多煩惱。我只是想告訴你，管他貧窮富貴，都有熬不過去的夜晚。」

她從包裡隨手拿出一份文件，疊得亂七八糟，拋到我面前，說：「你的飯館，我讓人買回來了。我掏的錢嘛，所以以後我才是飯館大股東。你呢，有百分之十的股份，當作這首歌的報酬。等你寫完十首歌，股份就全歸你。」

我問：「你為什麼這麼做？」

陳岩翻了個白眼，說：「你以為我看上你了？」

她端著酒杯，走到觀景台，胳膊撐著潔白的圍欄，夜風吹起長髮。我跟在她身後，並未靠近，聽見她悠悠地說：「因為那是你的家啊。」

她回頭一笑。「我不想自己的朋友連家都沒有，無處可去。」

2

麵包車從昆明開回南京，幾乎散架。我先回到燕子巷，小飯館沒有變化，甚至裡面的擺設都紋絲未動。沿著狹窄的樓梯，去自己房間，蒙上被子躺了會兒，漫長的旅途像只是作了個夢，我依然在這張床上醒來。

看望母親之前，我花了一整天收拾屋子。買了油漆，刷掉臥室滿牆的「對不起」。留有林藝痕跡的物件，全部放入儲物箱，估計她不再需要，那找個地方埋起來也行。殘餘食材一併丟棄，整理冰櫃，去批發市場重新買了一批碗盤。找人修理招牌，設計菜單，一樣樣弄完，天色黑了。

我換了件乾淨襯衫，叫車去療養院。護工剛餵母親吃完晚飯，她躺在床上，手腳雖不能動，半靠床頭，正看電視劇。

我坐床邊，握著她的手，和她一起看電視劇，還解說情節。母親手指一動，我就換台。母親說渴，我就倒水。母親癟起嘴，我就喊護工扶她上洗手間。

護工攙著母親，走到門口回頭對我笑：「這是她最聽話的一天了。」

臨走前，母親就快睡著，呼吸平穩，我貼在她耳邊輕輕說：「媽，我明天再來，以後我都晚上來，陪你睡著。」

母親嘴角有一點點笑意，低低嘀咕：「兒子要結婚了，兒子有出息……」

我徒步走回燕子巷，五公里。路過修車鋪，修車鋪旁的小雜貨店老闆認出我，買菸送了個打火機。

拎著水和麵包，車流不息，這一切似曾相識，只是雨停了。我抬腿準備繼續趕路，角落竄出一個黑影，嗚嗚嗚地叫。

那條流浪狗啊，牠還活在這附近。我有點點欣喜，活著就好，對牠說：「老熟人啊，請你吃飯。」

拿麵包給牠，牠不要，咬我的褲管。我心中好奇，任牠拽著，牠快步走在前頭，只要我慢下來，牠立刻過來咬褲管。

繞過修車鋪，小巷子鑽了一百多米，兩間老房子夾著的縫隙堆著幾塊紅磚。牠坐在磚堆前，望著我，尾巴不停地搖。

我湊近磚堆，裡頭幾個毛茸茸的小腦袋哼唧著探出頭，擠來擠去，居然是三隻小奶狗，眼睛尚未睜開，鼻子在空氣中嗅動，可能聞到母狗的味道，嗷嗷嗷叫。

我扭頭，黑狗貼到我腳邊，舔我的手心。

我說：「你當媽媽了呀。」牠生孩子了，帶我來看看孩子們，牠嗚咽著，閉眼親熱地蹭我。

我眼睛酸酸的，買的麵包全放進磚堆，泡麵碗裡倒滿水，擱旁邊。

我摸著黑狗的腦袋，說：「等我好一點，就收留你們全家。」

3

陳岩的昆明演唱會那天，我趕到醫院，小聚定在次日凌晨手術。我在電器商城買了個二手平板，要和小聚一起看演唱會直播。

再次見到小聚，我幾乎沒撐住。小女孩已經不戴假髮了，才過幾天又瘦了許多，鼻子插著氧氣管，原本的圓臉窄了一圈，顴骨突出，眉毛也幾乎掉光。

她媽媽說，之所以急著動手術，就是因為前一陣子癌細胞擴散太快。她溜走偷偷上我車的時候，醫院的檢查報告剛出來。一回南京，就做了最後一期化療，反應比以前劇烈太多，每天都會昏迷。

小聚睜眼看到我，驚喜地撐起身子，說：「叔叔，你寫完歌啦？」

我點頭說道：「是啊，你老實躺著，我來跟你看演唱會直播，但是不能給你吃東西。」

小聚說：「叔叔，你放心，我什麼東西也吃不下，我就想聽聽你寫的歌。」她小手拍拍床邊，「我坐不起來，叔叔你也躺著，我們頭靠頭看好不好？」

我倚著一點床沿，打開平板，用手刮刮小聚的鼻子，她咯咯笑。我說：「那麼，演出開始了。」
撥通青青的視訊，她望見小聚的模樣，眼圈一下紅了，強忍著跟她打招呼。小聚說：「青青姐，你有沒有找到新男朋友？」青青噗哧笑了，說：「啥啊，小孩子都關心些啥啊，演出快開始了，我給你們留了最佳位置。」
體育館爆滿，座無虛席，通道裡都擠滿人。青青從看台最上方走下去，讓我和小聚看到震撼的視角，一路是人，黑壓壓的人，原來絢麗的燈牌揮舞起來，會像銀河一樣流淌。青青一直走到舞台最前面一排，停在正中間。
小聚嘴巴張成鴨蛋形。「叔叔，陳岩姐姐太厲害了吧。」
我剛要說話，小聚激動地揮手。「噓噓噓，燈滅了燈滅了。」
全場燈暗，大螢幕亮起，冰山嵌於天空，深藍的洋流一望無際，碎冰在水面緩緩漂浮，五個字浮現：天堂旅行團。
陳岩的聲音響起：「這首歌是我朋友寫的，叫〈天堂旅行團〉。他會親自告訴大家，寫這首歌的原因，因為他對這個世界，有話要說。」
大螢幕漸黑，漸亮，一片雪白，顯現了我的面孔。

小聚的眼睛猛地瞪大，小手指著平板，看看我看看螢幕，啊啊啊地說不出話，無法表達她的震驚。我摸摸她的腦袋，她就這麼張著嘴，目不轉睛地盯著直播。

演唱會現場的觀眾大概也想不到，會見到一個完全不認識的普通人，頓時鴉雀無聲。

大螢幕裡的宋一鯉，風塵僕僕，頭髮凌亂，表情平靜。

「大家好，就不自我介紹了，名字你們沒聽說過，以後也不會記得，我只是想講一個故事，關於一個要自殺的人的故事。對，是我。

「我的失敗，可能並沒有什麼特別。父母離異，母親拉拔我長大，讀書，畢業，結婚，工作，每件事盡心盡力，但是我老婆跑了，拋棄我了。

「你們也許會笑，這算啥，離婚唄，這年頭這種事司空見慣，有必要自殺嗎？為人在世，痛苦萬千，這怎麼都排不上去。除開生老病死，哪樣悲傷不可消弭，哪種心碎無法忘懷。但我的人生，本就是一口井，井壁高聳，幽暗狹窄，她的離開，給井口蓋上了蓋。

「我母親日夜操勞，五十多歲腦中風。我還在自責的時候，她為了讓兒子兒媳婦能夠擁有未來，跳樓了，留下一份價值三十萬的人壽保險。

「母親搶救回來了，全身癱瘓，我無法忍受這種煎熬。為什麼我活下去，需要母親付出這樣的代價。除了死，我根本找不到出路。

「如果是你，你還能活下去嗎？」

現場一片寂靜，人們望著大螢幕中失敗的男人，也許都在想，遇到什麼樣的災難，才會選擇自我了斷。

「世界對普通人太殘酷，稍微有點閃失，或許萬劫不復。什麼是希望？看不到的。然而我自殺那天，天使出現了。

「她叫小聚，七歲的小女孩，住院一年。她的願望，就是看一場演唱會。我想自己既然快死了，不如幫一幫她。於是我們踏上了漫長的旅途，從南京開車來昆明。我作夢也沒想到，這趟旅途不是我幫她，是她拯救了我。我的生活不會因此改變，但她送給我一樣東西。

「活下去的勇氣。

「我們一路遇到很多人，很多事，有愛而不得，有得而復失，有生不如死，有死裡逃生。他們共同的信念，是用力活下去。

「命運不停地從你身邊取走一些，甚至你覺得是全部，你捨不得，放不下，扛不住，可是不活下去，你就無法發現，命運歸還給你的是什麼。

「所有人都自私，所有人都犧牲，艱難的生活無止境，因此生存也無止境。

「人為什麼要活下去？

「因為人不是只為自己活著的。

「小聚明天就要動手術了，她一定很害怕。

「我希望她有機會長大，上學，工作，賺到第一份工資，那時候我應該能回答她的問題，關於愛情的煩惱，關於人生的困惑。我希望她有機會交到自己的朋友，去旅行，去歡笑，去煩惱，和我們一樣，去經歷那些必須經歷的，那些人世間永不斷絕的快樂和悲傷。我希望她能活著，和普通人一樣活著，活成一個普通人……

「小聚，很高興認識你，那麼，你能給叔叔一個機會，看著你長大嗎？

「小聚，加油，叔叔等你，我們都在等你。」

4

陳岩仰頭，追光打上去，眼角滴落一顆水晶。才三天時間，來不及編曲，所以旋律簡單，吉他和鋼琴反覆同樣的和弦，鼓點敲擊，扣著心跳的節奏。

陳岩幾乎是清唱的。

她開口的瞬間，清透的聲音迴盪在萬千人的上空。

她知道我想說什麼，她是悲傷的，她也有離去的親人，她也有熱愛的孩子，她也有每一秒都記得如何熬過去的黑夜。

天堂如有人高高在上
你再低頭看看
他們真的生病
像凌晨六點就滅的街燈
下落不明丟了光芒

天堂如有人高高在上
你再低頭看看
悲傷有跡可循
誰都捂住嘴無法聲張
畢竟他人有他人的忙

父親消失
後來我看到他下葬
母親墜落
她是為我無法動彈
我想舉手投降
我想客死他鄉
問題太多
那我去一次天堂

問題太多
那我去一次天堂
彷彿我還能活下去一樣
回來的時候你要在場
女兒啊，別哭
遇見你
就像跋山涉水遇見一輪月亮
以後天黑心傷
就問那天借一點月光
女兒啊，別哭
回來的時候你要在場

問題太多
那我去一次天堂
約好誰都不要死在路上

回來的時候你要在場
女兒啊，別哭
記得嗎
你的紙船托起我的一座高山
不怕一念之差
有你在就是來日方長
女兒啊，別哭
回來的時候你要在場

天堂沒有旅行團
我在世界盡頭張望
等你回來
全人類睡得正香
月光乾淨
落在手上

叫你的名字我心會一顫
餘生相聚
永不離散

因為小聚，我寫完了這首歌。我不在乎多少人在唱，不在乎多少燈牌在亮。陳岩說錯了，我其實不會寫歌，以後也不會再寫，就讓她永遠當飯館的老闆吧。大概，這是我唯一能夠寫完的歌了。因為這首歌，是我寫給小聚的。

5

小聚的手機叮叮叮地響起，人們發送著訊息給她，來自青青，來自田美花，來自無能小鬼，來自蹦躂閻羅，來自陳岩，來自護士……

大家說著同一句話：「小聚，加油，我們等你。」

拿著平板的小女孩哭成淚人，我俯下身，輕輕抱住小小的身軀，恍如抱住自己的女兒。我說：「小聚不哭，再哭護士姐姐就要來找我麻煩了，你要養足精神，明天你就是個非常厲害的小超人，什麼手術都會成功。」

可是護士沒有阻攔，她是不是覺得希望不大，不如讓小女孩今夜有些安慰，我心沉到谷底。值班醫生過來，拍拍我肩膀，說：「小聚得早點睡，用最好的狀態迎接明天的手術。」

小聚說：「叔叔，等明天手術結束了，你能教我唱這首歌嗎？」

我點頭。

小聚說：「我聽醫生的話，我很睏，馬上就睡覺。」

小聚媽媽輕柔地握住她的手，替她掖好被子。

那張蠟黃的小臉，綻開笑容，她努力睜大眼睛，眼睛裡全是留戀，她抬起一隻手，輕微揮動，對我說：「叔叔明天見。」

在小女孩眼淚落下的時候，我也哭了，但是不敢讓她發現，用盡全力克制住喉嚨，帶著笑意說：「小聚明天見。」

6

小聚媽媽陪她睡覺，我坐在醫院草坪的長椅上，今夜不走了，就離小聚近一點，陪陪她，等到天亮，送她進手術室。

靠著椅背仰頭，路燈明亮，一排延伸出去。頭頂那盞忽閃幾下，滅了。我問它：「你怎麼啦，要不要找人修？」

路燈說：「月亮出來了，我喜歡它，但它不會喜歡我，所以不想讓它看見我。」

我說：「你是為它滅的，那你有沒有想過，你是為誰亮的？」

樹葉嘩啦啦作響，地面影子搖動，我想：「如果可以，那就他媽的都活下去啊。」

第十五章

余小聚

天堂沒有旅行團，
我在世界盡頭張望，等你回來……

Always Have
Always Will

我叫余小聚，七歲，本來應該上小學，可我生病了。

一次我痛得渾身冒汗，差點昏過去，哭著問媽媽，為什麼生病的是我。媽媽抱著我，不知從哪裡翻來個說法，她說，每個生病的孩子都是上天選中的勇士，當他們打敗病魔後，能獲得非常棒的獎勵。

我不知道是不是真的，也不要什麼獎勵，但我不想看媽媽哭，所以我假裝相信了。

媽媽很不容易呀，去菜市場賣菜，搬貨為了省時間，塑膠筐在背上堆得很高，比她人都高。我連一個塑膠筐都搬不動，蔬菜為了保鮮，噴完水很重的。

我只能收攤後幫她撿菜葉子，太爛的丟掉，好點的收起來自己吃。

撿啊撿，我睡著了，醒來發現趴在媽媽背上，她彎著腰，一隻手扶我，一隻手撿菜。

生病住院了，我乖乖吃藥，鍛鍊身體，可還是痛，一次比一次痛，忽然有一天，我好多了，感覺能吃整碗飯，我高興地告訴護士姐姐，她卻笑得很難看。

第二天媽媽帶著我去了趟監獄，探望坐牢的爸爸。爸爸哭啦，還說對不起我。沒什麼對不起的，大家都說爸爸不是好人，坐牢應該的，但媽媽總要有人照顧吧，我長大了保護她。

住院一年啊，太辛苦。其實媽媽和護士姐姐不知道，我偷聽過醫生講話。醫生說，時間不多了，抓緊手術，如果孩子想做點什麼，就讓她做，別留遺憾。

我懂了，原來我快死了。

那我聽醫生的話，想做什麼，抓緊時間去做。

跟叔叔走的那幾天，認識新朋友，見到漂亮的風景，如果叔叔不是那麼難過，我們會更開心。我第一次露營，第一次打壞人，第一次聽課，媽媽帶我回來，還第一次坐了飛機。原來雲朵那麼潔白柔軟，它們飛過窗戶，我就住到了雲朵裡。

回來後，醫生不准我吃東西，連麵條白粥都不行，他們給我掛上水，光是手術準備就好幾天。

醫生要我打藥水做造影，我的左手天天扎針，腫得找不到血管，護士姐姐想辦法，在我右手肘那兒拍啊拍，找到一根青色的血管，放上留置針。

媽媽出奇地高興，說這預示著一切順利。

片子出來後，來了好多醫生，他們經常來看我，然後去辦公室開會。

媽媽又擔憂起來，晚上陪床時不時驚醒，醒來就呆呆看著我。

我希望早點手術。

手術那天，護士姐姐把我全身擦乾淨，擦得我癢癢的，然後在我臉上蓋了個章，是粉紅愛心的圖案。

她說每個勇敢的小朋友都會有這個印章。

叔叔給我打電話，病房只允許一個人陪護，他沒法進來。

他請護士把小小聚給我送來，讓我不要害怕，小小聚和他都會陪著我。

還有胖墩，幼兒園跟我一個班，我們那時約好，上了小學要坐同桌，結果他上一年級，我還待在醫院。

手術那天大清早，有人喊：「小聚！小聚！」我很驚奇，護士姐姐告訴我，胖墩竟然把全班同學都叫來了，他們看見我出現，又蹦又跳，使勁朝我揮手。

胖墩把手放在嘴邊衝我喊：「我們全班合照，就差你一個！」

可惜我不能下去。

胖墩喊：「沒關係啊小聚，你站窗戶那兒，我們排隊站你下頭，一樣可以拍合照啦！」

護士姐姐扶著我，我在窗戶裡頭，胖墩和小朋友在窗戶下面，正對面草坪上的老師一按手機，哢嚓，拍了張合照。

我好開心呀。

我真的太開心了，被護工轉運到手術室時，完全忘記了害怕，今天我不痛，有人陪，像過節般熱鬧。

護士姐姐把小小聚放在手術室門口，說等我一出來就可以看到。

醫生們七手八腳在我身上貼著片片，護士姐姐陪我聊天，說：「小聚你現在最想幹什麼？」

我突然哭了，我怕自己死了，我怕見不到媽媽和叔叔，所有人都不懂，余小聚喜歡笑，但余小聚怕死。

護士姐姐幫我擦眼淚，說：「小聚不怕，睡一覺就好了。」

好的，我不怕。

醫生給我打麻醉針，我輕輕唱著歌，我只學會了幾句，還不連貫，只能翻來覆去唱，因為我知道，叔叔一定在別的地方，跟我一塊唱呢。

唱著歌，我就不會害怕。

天堂如有人高高在上，你再低頭看看……

天堂沒有旅行團，我在世界盡頭張望，等你回來，全人類睡得正香……

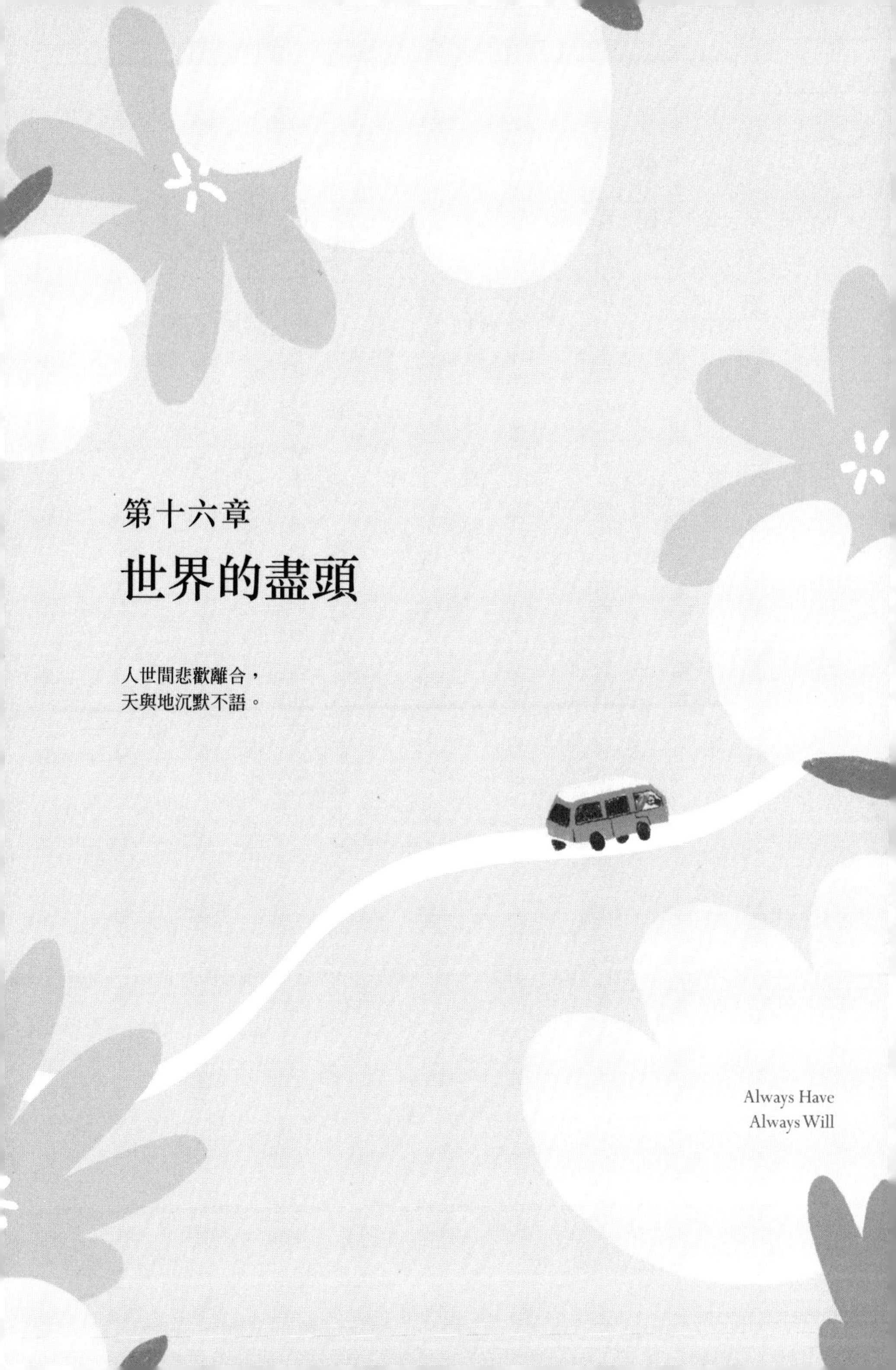

第十六章

世界的盡頭

人世間悲歡離合，
天與地沉默不語。

1

地球最南端的城市，海岸邊延伸出一條細長的道路，盡頭連著座孤零零的小島。燈塔在島邊緣矗立，身後海洋無邊無際，世界到此為止。

轉機三次，飛了兩天一夜，交通費昂貴，但我答應小聚了。問陳岩借了點錢，反正飯館有盈利，慢慢扣吧。

我小心地從懷裡掏出仙人掌，揭開包裹它的氣泡袋，把它放在燈塔下。

小聚，這裡就是世界盡頭，我們到了。

海水隨洋流洶湧，被夕陽的餘焰噴塗成絢爛的流瀑，奔湧著去往終點，再消散了回到原處。

這就是世上所有的一切，無論生命還是愛情，都不是永恆的。周而復始，你來我往。

存在的意義，不在於多久，而在於如何存在。

2

這三年，母親情況穩定，每頓能吃滿滿一碗飯。流浪狗起名祥子，精壯驍勇，做完絕育後發胖不少。祥子的小孩被飯館客人領回家，在南京各地撒嬌賣萌。

我認識了個善良美麗的女孩子，她說：「我知道你受過傷，害怕黑暗，我會陪著你的。你哭的時候，我想幫你擦掉眼淚，你不要懷疑，請你踏實地生活下去，因為我永遠不會離開。我可能會撒嬌，會鬧脾氣，你哄下我，我很快就會好的，不要丟下我不管。你的心在我這裡，我會拚了命地保護它。那麼，我把心交給你，它很脆弱，你也可以保管好它嗎？」

她牽著我的手，走過燕子巷，指著牆頭一株淡黃，笑嘻嘻地說：「你知道嗎？這世界不停開花，我想放進你心裡一朵。」

女朋友在我家過新年，她是赤峰人，執意要包餃子。看她滿手滿臉的麵粉，傻呼呼的，我摸摸她的頭，琢磨要做一份特別的食物。

查了許久，諮詢過同行，怎麼把一枚水煮蛋變成天空。

一月三日的入夜時分，原來真的有天空蛋。

洗淨一把白芸豆，泡發去皮，蒸熟後搗成糊狀。潔白細膩的豆泥墊到蛋殼底部，鋪成海邊陽光下的沙灘。用幾朵湛藍的小花，煮出晴天的顏色，混合糖水寒天粉倒進去，趁它將凝未凝，在上面放片片奶油蛋白做的雲。

等它從冰箱出來，剝開蛋殼，晶瑩剔透，藍穹白雲，一枚小小的天空蛋。

我給看電視的媽媽蓋上毯子，將天空蛋細緻包好，擱進口袋裡，拎起蛋糕，對女朋友說出去一下。

她從廚房探出頭，臉上黏著麵粉，說：「我知道你想一個人去，沒事，好好陪她，我跟媽媽等你。」

麵包車停在巷尾空地，修修補補，估計明年就得報廢。我給它換了音響系統，放歌時，方向盤不會再跟著振動。

仙人掌擺在儀錶台，盆底貼了雙面膠。

它開過兩次花，鵝黃色雞蛋大的花朵頂在腦袋上，結出橢圓的小果子。把果子埋到窗台的花盆裡，陸陸續續長出幾顆白色毛茸茸的小球。

麵包車開到巷口，輪胎彈了一下，方向盤沒握穩，「砰」的一聲，撞到了電線杆。我驚魂未定，晃晃腦袋冷靜冷靜，幸虧開得慢，沒啥磕碰。

下車檢查，掉了點漆，輕微凹陷。

回到駕駛座，重新啟動，發動機也正常。我鬆了口氣，餘光卻看到副駕座位下方，有個白色的瓶子在滾動。

原本不知藏在哪個角落，估計車子一撞，掉出來了。

我彎腰撿起白色塑膠瓶子，有些眼熟。打開燈仔細看，白底藍字，酣樂欣錠，使用量0.25～0.5mg，有效期至二〇二一年六月二十七日。

我的腦子裡轟的一下，震得空白一片，耳朵嗡嗡作響，一些三年前丟失的片段，一點點浮現。

三年前的城南醫院，我拎著一塑膠袋啤酒，喝醉了，長椅上擺著瓶安眠藥，酣樂欣錠，打算灌醉自己然後終結人生。

草地上啤酒罐四處滾動，我邊喝邊哭，打電話給媽媽，卻忘記媽媽早就已經銷號，聽筒不停地播放「您撥打的號碼是空號」。

我自言自語：「吃了這瓶藥，我就死了，再也不會痛苦了……」

我反覆嘟囔著這句話，在為自己積攢勇氣。

喝完最後一罐啤酒，我嘟囔著：「媽，都怪我，是我把你害成這樣的。林藝，你自己要好好的，嘿嘿，我就不離婚。你們都不要我了，就剩我一個人，不行，我撐不住。我一直都努力啊，這次真不行了。媽媽，我走以後，他們會照顧好你，兒子不孝，對不起……」

我從長椅上摸到瓶子，渾渾噩噩地打開，一口全部倒進嘴裡，用啤酒灌了下去。

奇怪，怎麼甜甜的，真好吃，難道老天最後想讓我嚐點甜頭嗎……

這是我最後的意識。

是小聚啊，她不是喜歡晚上溜出來練空手道嗎？一定是偷偷跟著我的。小女孩輕手輕腳，從包裡翻出一瓶軟糖，悄悄換掉了長椅上的安眠藥。

所以我活了下來。

所以她早就知道，我想自殺。

湖邊我踩下油門。「叔叔，你要去哪裡啊？」後排傳來脆脆的童聲，我驚愕地回頭，一個齊瀏海小女孩從後座冒了出來，大得出奇的眼睛，傻了吧唧地瞪著我。

車上青青問她不同顏色的藥盒是什麼，她摸到一個白色瓶子，似乎記不清楚，原來是她偷換的安眠藥，然後把它藏進了靠背的破洞裡。

暴雨中，小女孩伸著手求我，奮力地睜大眼睛。「我是活不了多久，我就拿剩下的幾天，跟你換還不行嗎！等我死了，你還可以活很久很久，你答應我，就幾天，好不好？」

她說她想媽媽了，我說明天回南京。她說：「不行，不能回去，我的事情還沒辦完，我得堅持。」

我嫌她煩，趕她走，可她所有的耍賴都是為了留下我。

她不停地問著：「叔叔，你會好好活下去吧？」

她不停地確定：「叔叔，你可不能離開我亂跑。」

我這才明白，小女孩早就知道我要自殺，一直在攔著我。

我坐在車裡，攥著一瓶安眠藥，哭得像個傻子，心裂成了一片一片。本就從未忘卻的記憶，洶湧撲面，一刀一刀切碎我。

城南夜空漫天大雪，古老的街道黑白相間，掩埋了車跡和腳印。人世間悲歡離合，天與地沉默不語。

三年前，小聚推進手術室不到一個小時，手術室門打開，醫生舉著染血的手，跟小聚媽媽說，術中發現腫瘤擴散超過預期，有個核磁沒照到的地方位置不好，無法摘除。這意味著即使摘掉大的，腫瘤還會生長。

醫生催小聚媽媽做決定，是關顱停止，還是繼續切除。

小聚媽媽空白幾秒，就說切，表現得十分冷靜，沒有耽誤手術時間。

醫生返回後，她木木地問旁邊人：「我會不會害死我女兒？」

其他人趕忙安慰，說：「不會的不會的，老天有眼，小聚會出現奇蹟。」

小聚媽媽彷彿沒聽到一樣，捶著胸口問自己：「我會不會害死我女兒？」

手術持續七個小時，醫生們已經做了所有能做的，小聚就是醒不過來。

小聚媽媽無法支撐身體，靠著手術室的門，蜷縮著雙手合十，不停地喃喃祈禱。

麻醉散後，到深夜，小聚終於醒了。

護士說，小聚是唱著歌睡過去的，可她醒來，無力得睜不開眼睛。

小聚媽媽拿棉花棒沾濕，一遍遍給她擦乾裂的嘴唇，輕輕地抱著她入睡，可是在即將瞇過去時，監護器瘋狂報警，小聚的血氧血壓迅速下降。

樓層所有醫生護士都跑了過來，輪流給小聚做心臟按壓，小小胸膛，被猛力地按下去，一下，又一下。

這該多疼啊，小聚媽媽看女兒的臉蛋煞白，她揪住衣領，無聲喊著，別按了，她疼，小聚疼，別按了。

可她喊出的卻是救命，醫生，救命啊，救救她，她才七歲。

體征勉強穩住，小聚媽媽貼著女兒的臉，聽到還有呼吸，這才掉下淚來。

值班醫生懷疑顱內出血，想要再次手術，可是怕孩子承受不住，他們激烈討論時，小聚的鼻子緩緩爬出暗色的血液。

大家反應過來時，血液已經變成鮮紅，噴湧著濺上媽媽的臉。

小聚媽媽伸手去堵，被護士醫生拉開，她眼睜睜看著女兒昏迷，被送進搶救室。

她不再祈禱了，也沒人陪她，她就跪在搶救室外，一遍遍說，小聚，對不起。媽媽對不起你，沒有給你好的身體，你這麼乖，卻吃這麼多苦。對不起，媽媽把你生下來，你是個好孩子，不應該找我做媽媽。媽媽想把命送給你，只要你好起來，媽媽什麼都願意做。

幸好這次結果是好的，剛剛的驚險只是噴出淤血，手術總體順利。

可這之後，小聚時不時陷入昏迷，她的喉頭和鼻腔常常被黏液堵住，喘不上氣，需要人緊盯著做抽吸。

就算醒來，她也迷迷糊糊，張開嘴想說什麼，卻發不出聲。小聚媽媽問：「寶寶，要喝水嗎？是哪裡癢嗎？要不要翻身？」

小聚看到是媽媽，就笑一笑，小手舉起，比個心。

小聚媽媽要用很大的力氣，控制自己不在女兒面前哭出來，她要比以前所有加起來都堅強。

偶爾小聚稍微舒服一點，讓媽媽挖蘋果泥給她吃，吃下去一勺，吐出來時夾雜著膽汁反而更多，但小聚堅持要。

「媽媽，我還要吃。」

小聚媽媽不敢給，她就笑嘻嘻地撒嬌說：「媽媽我愛你，世界上我最愛你了。」

幾天後，她吃不下去了，靜靜地躺著，眼眶深凹，像具骨架。護士忍不住，每次幫她擦洗完都要哭，小聚媽媽不哭，她輕輕抱起女兒，調整成最舒服的姿勢。

小聚眨眨眼睛，眼淚滑下來。

十一月十四號，小聚癌痛爆發，她呼號著從床上滾下來，嗓子裡發出風箱般的粗喘。

「媽媽，我好痛，媽媽，好痛啊！」

小聚媽媽毫無辦法，她按著小聚的手腳，防止她傷害自己，她也好痛啊，痛到萬箭穿心，她一遍遍安慰：「寶寶，快好了，很快就不痛了，寶寶是世界上最勇敢的孩子，媽媽給寶寶揉揉。」

十一月二十二號，小聚整天都沒有醒來。

十一月二十三號，小聚媽媽趴在床邊，隱約聽到動靜，抬頭發現小聚艱難地靠近了她，把臉跟她貼到一起。

六天後，十一月二十九號，昏迷不醒的小聚躺在病床上，突然掙扎了下。醫生摘掉鼻胃管，嘆口氣，說：「靠近點，她想說話。」

小聚媽媽意識到什麼，卻不相信是真的，她親吻著女兒，貼著她的臉。

小聚微微睜開眼睛，小手輕輕揮了揮，聲音很低很低地說：「媽媽再見……」

這是小聚說的最後一句話。

小聚媽媽張著嘴，無聲地號啕，伸出手無意識地想抓住什麼，然後昏了過去。

這所有發生的畫面，我幾乎都在旁邊。在我明白生命的價值之後，撕心裂肺地望著小女孩的逝去。

沒有機會的人試圖抓住每一縷風。

殘留機會的人卻想靠一瓶藥離開。

我是個愛哭鬼，可是以前流過的眼淚加起來都沒有這一年的十一月多。我逼著自己看清楚，人若在世間只剩數日，那些痛苦分分秒秒疊加的重量，如何把心壓碎。

我逼著自己陪著小聚，無能為力，連分擔也無能為力，用淚眼迷濛的雙眼，使勁記住這張小小的面孔。

就是她啊，病床熬不住痛的七歲小女孩，在世界的盡頭，對著一個孤獨墜湖的人說：把手給我。

在我明白什麼叫作捨不得的時候，天使戀戀不捨地離開了人間。

3

二〇二一年一月三日，小聚的十歲生日。

靜謐的墓園，夜幕中沒有人影，鵝毛大雪翻飛，墓碑潔白，柏樹潔白。抬頭見蒼穹深邃，深處生出一點點的白，飄飄忽忽，佈滿視野，落地無聲。

我站在一座墓碑前，放下蛋糕。

剝開蛋殼，將一枚小小的天空放在碑上。

生日快樂，小聚。

石碑上的照片，女孩定格在七歲，眼含星辰，笑得天真，飛雪溫柔地滑過她的面龐。

照片下方，刻著「愛女余小聚之墓」。

最底部，一行小字。

我來過，我很乖。

尾聲一

一月二十九日，古城牆產業園區，舉辦一場戶外婚禮。地上鋪滿落葉，數十張餐桌錯落有致，擺著各式蛋糕甜點，紅酒可樂蘇打水，任隨客人自取。

白色地毯從拱門一直鋪到香檳塔，香檳塔後千萬朵鮮花，大螢幕輪番播放好幾套結婚照。

賓客眾多，正午依次到來，新郎新娘在拱門下迎接。人們歡聲笑語，新娘妝容精緻，小腹凸起，拎著及地長裙，賓客誇張地握住她的手，說：「奉子成婚啊，雙喜臨門了！」

新娘笑笑，也不扭捏，爽快地伸出手，跟賓客合照。

賓客陸續入座，司儀宣布婚禮開始，動人情歌中，新郎新娘相識的點點滴滴剪成短片，出現在大螢幕。

攝影師不失時機把鏡頭對準新人父母，他們笑著拭淚。

背景音樂放起〈You Are My Sunshine〉，兩個小蜜蜂打扮的孩子拿著結婚戒指上台，短手短腳的可愛樣子讓新娘笑著捂嘴。

司儀宣布：「接下來，這對深愛彼此的新人，將說出他們一生的誓言。」

全場鴉雀無聲，新郎從孩子手中拿過絲絨盒，與美麗的新娘笑盈盈相對。

司儀問新郎：「從今天起，無論貧窮還是富貴，無論順境還是逆境，無論健康還是疾病，你都將愛她，尊重她，守護她，不離開她，任何事都無法將你們分離。那麼，劉雙加，你願意娶林藝為妻嗎？」

長長的誓言中，新娘突然恍惚了。新郎還未回答，新娘的腦海中炸起一聲堅定的回答，轟隆隆的，彷彿從遙遠的時空傳來。

我願意！

新娘驀然回頭，頭紗揚起，帶飛明媚的陽光，她望向拱門，時間彷彿靜止，林藝精緻的面容毫無瑕疵，那張曾讓人魂牽夢繞的面孔，睜大完美的眼睛，一幀一幀環顧廣場，所有賓客端坐，沒有其他身影。

那一聲回答並不來自新郎，也沒發生在現場，只是她記憶中埋藏許久的聲音，在她腦海升起，其他人根本聽不見。

「我願意。」

「小藝？」新郎焦急地喚她，「你怎麼了？我願意我願意，到你說了。」

司儀再次重複，最後一句問：「那麼，林藝，你願意嫁給劉雙加為妻嗎？」

新娘對新郎露出幸福的笑容，雙手環抱住他，將臉擱在他肩膀上，閉上眼睛，淚水滑落，甜蜜地回答：「小傻子，我也願意。」

尾聲二

編號0622直播間，所有資料最頂端的影片，畫面有些搖晃，是小聚舉著自拍的。她插著呼吸管，衝鏡頭微笑，聲音虛弱。

「大家好呀，這可能是我最後一次直播啦。馬上要去做手術，要是病沒治好，我能拜託粉絲們兩件事嗎？

「第一，請大家繼續支持叔叔，雖然他傻呼呼的，但太窮了，我也想不出怎麼幫他賺錢，算了，人各有命，隨他吧。第二呢，如果大家有空，去看看美花姐姐的學校吧，那裡的小朋友缺文具和吃的，你們能帶上一些嗎？美花姐，青青姐，陳岩姐姐，如果你們看到，小聚要跟你們說再見啦，你們一定要好好的，越來越好！

「對了，接下來的話，我只說給叔叔一個人聽，你們關掉，不要偷聽喔！」

她左右看看，確定沒人，湊到鏡頭前小聲說：「叔叔，你在嗎？」

我在。

「叔叔，其實我看到你要自殺的時候，挺瞧不起你的。你都老大不小了，還是個男人，也太軟弱了吧？正好有人送了我一張門票，我就騙你說要去看演唱會，我還擔心自己演得不像，沒想到你直接同意了。唉，有時候我真發愁，你這麼沒用可怎麼辦啊？能照顧好自己嗎？」

我能。

「叔叔，我真的想出去走走，但更想、更想讓你活下去。」

我知道。

「叔叔，你能答應我一件事嗎？」

我答應。

小聚淚光閃爍地說：「不管什麼，你肯定會點頭的對吧？其實不是什麼大事啦，叔叔，你是個很好很好的人，我跟你在一起特別開心，我就想……我……我能叫你一聲……爸爸嗎？」

好的，我的女兒。

（全文完）

後記　我們

從未想過，經歷那麼多離開和告別，還會有更漫長的夜晚等著我。從未想過，會在如此絕望的情緒中，寫完一本書。

寫幾句就焦躁不安，手抖，抽搐，腦子裡有把刀翻來滾去，心臟生疼，胸悶，動不動躲到角落哽咽。

吃兩片藥，睜眼到天亮。早上七、八點睡，醒來中午十一點，只能睡著三個小時，躺在那裡沮喪又孤單。

午後曬太陽，朋友在對面打電話，打完坐我旁邊，認真地說：「你要去看醫生，你的眼神不對，空得嚇人。」

我沒有去。我書還沒有寫完。

二〇二一年六月十六日，全文收尾，付梓，校對，出版社忙著查漏補缺，裝幀設計。而我突然墜入一個始料未及的深淵中。

二〇二一年六月二十七日十三點二十七分，家裡只有梅茜在，我拿著手機刷到一個影片，有個中年男子被送入ＩＣＵ，家人分成兩派，一派要求搶救，一派要求放棄，影片還沒播完，我的右手開始不受控制地上下晃動，幅度很大，幾乎拿不住手機。

我換到左手，撥通了同事的電話，說：「我好像出事了，快叫救護車。」電話打完，從小腹排山倒海捲上來一股麻木，感覺像水泥從脖子往下灌到胸口，只有心臟跳得異乎尋常，激烈又疼痛。

我繼續努力撥通同事電話，問救護車什麼時候到。

那時候意識開始有些模糊，從未有過如此強烈的恐懼，我知道自己要死了。以前預激症候群也呼叫過救護車，心律每分鐘飆到兩百多，胸腔難受到要裂開，也沒有恐懼。

但這次我真的害怕，空洞的房間視野裡左右搖晃，梅茜趴在我的腳邊嗚咽，我知道自己要死了。平躺下來，大口呼吸，打開手機語音備忘錄，想錄一點東西。

想錄，爸爸媽媽，對不起。想錄，朋友們，我走了，有空想想我。想錄，喂，好久不見，以後也見不到了，我愛你的，我沒有騙你。

手機砸到地毯上，撿起來，門鈴響了，我一步一步挪到牆邊，按了開關，同事臉色煞白地出現。後來才聽說，他手機必須和一二〇※保持通話，所以沒法叫車，一路從家狂奔過來的。

五分鐘後，救護車到，護士出現，裝心電圖貼片，量血壓，說：「沒事，放下心，我們在。」

醫生檢查後說，心臟沒問題，可以排除心梗塞。雙心科就診，一切項目檢查完畢，醫生說，是焦慮症、憂鬱症、恐慌症三症併發。藥物就是常規的草酸艾司西酞普蘭，蘿拉西泮，阿普唑侖，氯硝西泮。

我不明白自己做錯了什麼，接下來開始地獄行走的日子。

焦慮症發作的時候，感覺渾身有螞蟻在爬，砸牆，捏著拳頭敲自己的腦袋。憂鬱症發作的時候，滿腦子幻覺，哭，發抖。恐慌症發作的時候，就是體驗一次猝死的經過，手腳麻痺，撕裂，窒息，恐懼中深墜湖水。

※中國全國統一的急救號碼。

每天中午只能喝下半碗湯，心裡在喊，救救我，誰能救救我，然後眼淚掉到碗裡。

焦慮症和憂鬱症我都不怕，忍一忍。恐慌症真的令人崩潰，發作一次，便感受一次瀕死的過程。我不懂，為了誰要接受這樣的煎熬。從那天開始，我記錄了每次瀕死感受的時間。

二〇二一年六月二十八日二十點四十五分。

二〇二一年六月三十日十四點十一分。

二〇二一年七月一日三點三十三分。

二〇二一年七月一日二十二點〇一分。

二〇二一年七月二日十四點三十五分。

二〇二一年七月二日二十一點二十四分。

二〇二一年七月三日二十點四十五分。

二〇二一年七月八日四點四十一分。

二〇二一年七月八日二十一點五十二分。

二〇二一年七月十一日二點五十分。

二〇二一年七月十二日五點五十八分。

二〇二一年七月十三日十二點三十二分。

還未結束，我的藥瓶還未吃空。

二〇二一年七月二十日，醫生把我的藥換成了帕羅西汀、思瑞康、蘿拉西泮和奧沙西泮。除了每天昏睡十幾個小時之外，情緒逐漸無法控制。

把這些說給讀者聽，只是想告訴大家，我現在不好，但是會好的。

哪怕或許有人借此調侃與嘲諷，我依然寫下來了。因為這是真的，是我真的生活，也是這本書的一部分。

我希望有月亮從沙發升起，冰箱裡有跳動的心，吊燈被狂風捲動，碰倒的牛奶在地板淌成一張笑臉。

我希望菸盒噴出雲朵，地板生出大海，窗簾藏著一朵蓮花，水杯自由演奏，紙盒內疊好的衣服飛回壁掛。

這場雨，曾經下過的。

這片雲，曾經來過的。

這個人，曾經在過的。

希望從來沒有讓你哭過。

希望外婆多在我夢中出現。

希望父親病情穩定，不要走丟。

希望母親不要流淚，我在的。

謝謝你能讀完這部小說，謝謝你能讀完我最後的喃喃自語。

寫作是我生命的一部分，自《從你的全世界路過》始，《讓我留在你身邊》、《雲邊有個小賣部》，現在是《天堂旅行團》。

每本書於我意義不同。《從你的全世界路過》寫於離婚後，一年的顛沛流離，頭髮白了，寫它是自我救贖。《讓我留在你身邊》寫得斷斷續續，人世多少眷戀，何妨變成童話。《雲邊有個小賣部》寫於平靜期，什麼都不想要，抬眼炊煙裊裊。

《天堂旅行團》寫於掙扎求生，只有自己聽到了那一聲「砰」，然後心碎了一片片撿起來。每撿的一片，就是一行字，所以最後會有人說那段話：「你的心在我這裡，我會拚了命地保護它。那麼，我把心交給你，它很脆弱，你也可以保管好它嗎？」

《天堂旅行團》呢，是我最特別的一本書，這裡有我生命中所有的病與藥。喜歡我的人，原諒我的無能與脆弱，我盡力了，得與你們同行，是我最大的榮幸。

放棄我的人，不要辜負我的一次次瀕死，請堅持你的路，並以此直通幸福。

醫生問我：「你有自殺的傾向嗎？」

我說：「不，我連一分鐘都不願意少活。」

願我餘生可以淋漓盡致，即使他們說，消滅痛苦最有效的方式，是降低期待，減少敏感。我依然願意充滿渴求，矢志不渝，並認真感受，無一遺漏。

對了，「遇見你，就像跋山涉水遇見一輪月亮，以後天黑心傷，就問那天借一點月光」這句話，是我原本單獨寫給一個人的。

現在我把它還給這本書。

我在無邊幽閉中，以為時光靜止，無數人伸出手，對我說：「張嘉佳，我拉你一把。」

那麼今天起，希望《天堂旅行團》能照亮那些在黑夜中走路的人。親愛的，這世界不停開花，我想放進你心裡一朵。

那麼，我們下本書再見。

You will always be my favourite,

but that’s the only thing I can do for you.

相別餘生無他意，

唯以此贈來與去。

文學森林 LF0155

天堂旅行團

作者
張嘉佳

作家、編劇、導演，創作多元。出生於江蘇南通，畢業於南京大學。

二〇一一年首次擔任電影編劇，以《刀見笑》榮獲第四十八屆金馬獎最佳改編劇本提名。

二〇一三年開始書寫，晚上十點前放上網讓大家睡前讀，創下單篇百萬次轉發的紀錄。這些睡前故事，最後集結成暢銷千萬冊的《從你的全世界路過》。

二〇一八年，出版第一部長篇小說《雲邊有個小賣部》，書寫平凡小鎮青年與外婆的溫暖故事；三年後，再以第二部長篇小說《天堂旅行團》回歸。

其他創作：《讓我留在你身邊》、《幾乎成了英雄》、《情人書》。

封面設計 Bianco Tsai
責任編輯 詹修蘋
行銷企劃 楊若榆
版權負責 陳柏昌
副總編輯 梁心愉
初版一刷 二〇二二年三月一日
初版二刷 二〇二三年十二月二十九日
定價 新台幣三六〇元

ThinKingDom 新經典文化
發行人 葉美瑤
出版 新經典圖文傳播有限公司
地址 10045臺北市中正區重慶南路一段五七號十一樓之四
電話 886-2-2331-1830 傳真 886-2-2331-1831
讀者服務信箱 thinkingdomtw@gmail.com
臉書專頁 http://www.facebook.com/thinkingdom/
總經銷 高寶書版集團
地址 11493臺北市內湖區洲子街八八號三樓
電話 886-2-2799-2788 傳真 886-2-2799-0909
海外總經銷 時報文化出版企業股份有限公司
地址 桃園市龜山區萬壽路二段三五一號
電話 886-2-2306-6842 傳真 886-2-2304-9301

天堂旅行團 = Always will,always have/張嘉佳作. 初版. 臺北市：新經典圖文傳播有限公司, 2022.03
288面；14.8*21公分. -- (文學森林；LF0155)
ISBN 978-626-7061-12-1(平裝)

857.7　　111001455